FENG DE ZU JI

风的足迹

雷风 著

陕西新华出版
太白文艺出版社·西安

图书在版编目（CIP）数据

风的足迹 / 雷风著. -- 西安 : 太白文艺出版社, 2024.4（2025.3重印）
ISBN 978-7-5513-2594-3

Ⅰ.①风… Ⅱ.①雷… Ⅲ.①诗集－中国－当代 Ⅳ.①I227

中国国家版本馆CIP数据核字(2024)第064928号

风的足迹
FENG DE ZUJI

作　　者　雷　风
责任编辑　刘　乔　胡世琳
封面设计　梁　涛
版式设计　梁　涛
出版发行　太白文艺出版社
经　　销　新华书店
印　　刷　三河市双升印务有限公司
开　　本　889mm×1194mm　1/32
字　　数　150千字
印　　张　11.375
版　　次　2024年4月第1版
印　　次　2025年3月第2次印刷
书　　号　ISBN 978-7-5513-2594-3
定　　价　62.00元

联系电话：029-81206800
出版社地址：西安市曲江新区登高路1388号（邮编：710061）
营销中心电话：029-87277748 029-87217872

雷　风

西安市灞桥区人，资深律师，陕西省职工作家协会会员，陕西省诗词学会会员。文学作品散见于《绿风》《安徽文学》《新丝路》《大巴山诗刊》《乌蒙山》《陕西诗词》《陕西诗词界》《秦风》等刊物，诗作入选多种选本和年选。2016年获《安徽文学》杂志社“2014年—2016年实力诗人”奖。

诗歌的温度

——简单聊聊雷风和他的诗歌

曲 近

我与雷风，人，只一面之交；诗，却读了不少。初次见面，他给我留下的印象是：热情健谈，身上有西北汉子的干练、重情与豪爽。他做的是律师工作，这本来属于逻辑思维，可他业余却喜欢诗歌，这又是形象思维，不知道他是怎么处理好职业与爱好的矛盾的，或许这就叫双重性格——比较容易转换角色，这不是谁想做就能做得到的。仅凭这一点，他就值得我敬佩和尊重。

我与雷风唯一的一次见面是在福建参加的一个诗歌研讨、采风活动上，一群人热热闹闹，新朋友初识，老朋友重聚，是当前文学圈活动的常态。由于活动安排得紧凑，自由活动时间短，当面与他交流的机会并不多，聊诗的话题自然也无法展开，总是三言两语匆匆忙忙。倒是活动结束离别之后，通过电话和诗歌文字与他交流多了些，渐渐对他有了些了解；接触他的诗多了，也就增强了阅读印象。

原以为他是那种围着表象转的普通诗歌爱好者，只是闲暇时写几句，抒发点情感图个热闹而已，没想到通过多次交谈，发现他对诗歌的痴迷程度出乎我的意料，令我感动，他深陷其中的状态，是对诗的真爱。他太在乎每一首诗的表达过程和最后的结果，总是让我提点意见、指出不足。我能感觉得到他不是那种做样子的谦虚，而是诚心诚意想听我对他的诗说点什么。然而偏偏理论属于我的短板，别人信手拈来一首诗，都能分析得头头是道，讲出一套一套的说辞，而我却说不出一首诗好与不好的道理来，没有名词和术语，我想这可能让他有点儿失望。

我和雷风虽然职业不同，但爱好一致，都是诗歌虔诚的追随者。爱好不分高低，大家平等相处，能自娱自乐，自我安慰，获得心灵慰藉就好。我们感同身受的是诗歌的氛围、诗意的生活，以及在苦难里寻找快乐，在艰辛中炼制幸福，于灵魂的一隅，寻找各自归宿的精神追求。

也许因为职业关系，作为律师，他每天深陷于各种官司的利益纠纷之中，在案件中见多了善恶，品尽了薄凉，被诸多困惑所折磨，因此才希望在诗歌里寻找一块可以安放灵魂的栖息地以调养身心。因为他所从事的工作最能考验人的良知，也最能磨砺道德的承受能力。所以有时他需要跳出来，用诗歌治愈心情。

或许目睹过太多人性的灰暗，他感到了一丝寒意，因此，选择了用诗歌取暖。

体会诗歌的觉醒并不是一件容易的事。让我们以敬畏之心致敬诗歌。诗歌不是玩的，要用心去体会人在自然和社会中的感知状态，描摹只可意会不可言传的意境。

读雷风的诗歌，能够让人感到他的那种悲悯意识和大众情怀，他诗歌的关注点始终是大地上的苍生和高天上的神灵，一个是他的血脉亲人，一个是他灵魂的信仰，这些构成了他诗歌的主体，也是他精神世界里的一种追求，一种寄托。他的慈悲，他的感恩，都隐藏在诗歌的字里行间。

雷风的诗写得最多的是乡音、乡情、乡韵、乡愁，这些乡村生活的日常和农民的艰辛，还有那扑鼻而来的浓浓的泥土味儿，读着让人心生暖意。这就是诗歌的温度。

他在《寻找传说中的白鹿原》中这样写道："我看见一盘石磨与一丘麦垛拉家常/一孔窗格纸里溜出了悄悄话/水塘边浣衣的女人，想着/坡梁上耕作的男人和牛/从崖畔窑洞吼出一阵阵秦腔/吼黄了麦海，吼落了星斗"。

这首诗传达出雷风对熟悉的乡村生活的真实观照。生活虽然琐碎，但充满烟火味，平淡心态流露出农村人对生活的满足和恬淡，一幅世俗的田园画跃然纸上，里面有诗歌的温度。

请看这首《趁着阳光还好》：“与一块石头投缘，坐下来对话/让清澈的风，穿过五脏六腑/一起探究——/一座山峰亘古的奥秘/一团云聚散的思想，抑或/一条河流流淌的生命和信仰/趁着阳光还好/把疲惫的肉体连同灵魂/洗刷晾晒。扶起酩酊烂醉/的杯盏，带上死心塌地的影子/吟诗远方……”

在这首诗里，他告诉我们，生活充满了温暖和明亮，在阳光下，敞开晾晒一下自己的灵与肉，让身心更加健康。“趁着阳光还好”，做自己应该做的事，诗与远方，就是一种传递希望的满满能量。

他在《父母的村庄》里这样叙述：“飞鸟守望着天空/村庄守望着平原……岁月把生活洗练成老歌谣/父母在一生也没有走出的村庄/为江湖上的儿女，酿出一坛坛/绵长隽永的乡愁”。

我特别喜欢开头两句。这两句呈现了乡村生活的安然悠闲。离开故乡的人，骨子里都有一种与生俱来的乡情与乡愁，看似是很平淡的画面、很宁静的乡村，却传达出很深的意蕴。父母在没有波澜的日子里，始终牵挂着像风筝一样飘在外面的孩子，这就是：乡愁在儿女心上，儿女在父母心上。

雷风的诗很多都充满了乡土情结，这种接地气的思绪容易打动人，引起共鸣，这是他诗歌的特点。在以后的创作中，如果他能把思路拓宽一些，让题材广泛一些，一定会有更好的收获。

最后我想说的是，写诗是一种灵魂的修行，究竟谁能修得正果，需看个人造化。

（曲近：中国作家协会会员，《绿风》诗刊原主编。）

逃离与追寻

——雷风和他的诗歌

峻　里

雷风要出自己的诗歌集，作为朋友，我感到非常高兴。我们曾就其诗集的总体结构与体例编排做过一些讨论，他采纳了我的一些建议和看法，在其诗集的总体篇幅上做了适度压缩。我感到他本质上是一位非常谦逊、心灵非常宽阔的人。

但是他首先是一位律师。他和我是同龄人。我现在不能确切记得我是在哪一年和哪种场合和他结识，那也许是文化馆或作家协会组织的一场文学的讲座？或者是在关于本地区某位作者的文学作品的研讨会上？然而慢慢地，我和这位身材高大、面容慈和的叫作雷风的人，相互就熟识起来、走到一起来了。他总是坐在某个角落里，话不多，神情却极为专注，多半是表达着一种对于文学和诗歌艺术的虔诚。我曾经和几位作家朋友谈起对于本地区文学作者的一些印象，大家不约而同地谈起雷风，谈到对于他的诗歌的良好的看法，同时也认为他在法律与律师行当中的声誉也许比他的文学的名声更加隆盛。我倾向于这种看法，毕竟，他最重要的半生历程是在律师的职位上度过的。他确实也只是在自己将要退休的前几年才开始文学的创作，重拾年轻时就一直心心念念的文学之梦。后来，我和雷风很熟悉了，时不时地喝酒、交谈，才发现我们的人生之路有诸多相似的地方。出生于 20 世纪 50 年代后期的我们，共同经历了那个特定时代物质的贫困与心灵的荒芜。20 世纪 70 年代中期，我们从不同的中学返回各自的村里，像我们的父亲那样，去过一个地道农民的生活。可以想象，作为高中毕业生的雷风，行走在自己的家乡——灞桥区漕渠村的村路上，倾听着渭河的流淌声，眼望着高天流云，心中不禁写满对人生的迷茫和惆怅，就和那时我站在骊山南麓我的山村里时的心情相似。有限的向往和想象力来自以往的生活及其阅读。然而单调的生活与有限的阅读禁锢着我们的身与心灵。雷风有幸阅读过一些传统古典文学著作，像屈原的《楚辞》以及唐诗宋词，也尝试写了一些律诗和绝句之类，抒发自己那个时段人生真实的感受与心绪。也许，正是这种阅读和写作，激发和培育了他对文学和文化的兴趣，引发了他对于自身命运的一些思考。也许他就是在那时产生了要走出乡村的想法的？这很有可能。他和一切乡村知识青年一样，企图挣脱并逃离一种藩篱，去追寻现代城市文明。他寡言而善行。他甚至随着一个建筑工程队前往西安纺织城等地干苦力活，去倾听汽车与火车的嘶鸣，去感受城市生活丰富而喧嚣的氛围……

人类的生活，总体来说是一个从低级向高级不断追求与进取的过程。对于作为个体的个人来说，就是一个不断逃离与追寻的过程。雷风的人生经历恰好印证了这一点。由于他和当时的同龄人相比较，具有较高的文化素养，遂被选为当地中学的代理语文教师，这为他此后的阅读和提升、进一步拓宽人生视野，提供了更多的可能性。几年以后，他得以在高考中金榜题名，大概率也得益于他担任代理老师时受到了文化环境的滋养。偶然的人生插曲也在此后发生。他在顺利考入大学中文系时又执意调换到法律专业，其原因竟然是观看了一部有关法律和法庭内容的印度电影《流浪者》，电影中那位律师的精彩辩护使一位弱势者的命运得以转变，《流浪者》所彰显的人性光辉深深地感染着雷风纯洁的心灵，也逆转了他的人生选择。他搁置了文学而选择了法律，在如此重大的人生抉择上又如此迅然决然，说明了他确实是一位秉性率真而富于人生大情怀的人。

我无缘去了解和理解雷风在自己此后数十年律师生涯中那风雨兼程的奋斗和人生故事，但是他将自己最瑰丽的青春年华奉献给了法律与律师事业，当是确凿无疑的。他是一个好律师。但是他为我们那个地区的朋友们所熟知却不仅仅是出于一位著名律师的名声，并重的还有他的品德。他传达给人们的是良知、坦率与真诚。几十年以后，雷风先生不无感慨而又十分风趣地告诉我，那时候还是年轻，一场电影竟能使人做出那么大的改变，竟然能够被一位虚构的律师的故事所迷惑。也是在许多年以后，也许是阅历或年龄的原因，雷风对于自己的职业以及世事无尽的杂芜纠缠，产生了一种深深的疲倦感甚至厌烦感。他的内心悄然逃离，向往与眷恋着文学的水晶般的单纯。他拿起笔开始写诗，一根细细的且那么久远的文学的丝线，在此又顽固地接续起来了。

严格地说，雷风写诗的时间不算长。他是在自己退休的前几年开始重新拿起笔的。这段时间里，他异常勤奋，思绪如泉涌，作品频频见诸报刊并获奖。但是怎样去论说他这一时期创作的这本即将出版的诗歌集呢？我真是颇为踌躇。我感到作为诗人的雷风，他是敏感而又多思的，是深沉而又伤感的，是现代而又古幽的。他的内心深处充盈着对故土、村庄和亲人的眷恋；对人生、人性与历史的思考；对艺术、生活和生命的倾情挚爱。他具有一双认真打量世界的纯粹的眼睛，具有一颗专注而悲悯的慈爱之心。我觉得这是十分重要的。我甚至觉得这种专注而敏感的慈爱之心与悲悯情怀的艺术性表达就构成了雷风这本诗集的主题。但是要严格地按其诗歌描述的对象题材和素材分类来分析评述是很困难的。我感到雷风自由体诗歌大致（只能是大致）可以从三个方面来品鉴，即土地情怀、父母情结以及个性生命心迹的诗性表达。雷风在以白鹿原、灞川、灞水等为抒写对象的一组诗歌里，以十分简洁的意象营造出故土的悠远和诗意，表达了诗人的向往眷爱之情。如："携五月的风和布谷鸟的鸣啭/穿过灞水之上的广袤原野/寻找那只传说中的白鹿/和那恍如隔世的村郭"。还有那已经消失或濒临消失的"土墙"与"青瓦"，"老树"和"深巷"，"磨盘"与"麦垛"，"浣衣的女人"与"耕作的男人和牛"（《寻找传说中的白鹿原》）等，以这些动人的乡村意象，抒写青春、历史与深沉的乡愁，表达了诗人心中那种相当复杂丰富的人生情绪。再如《白鹿原上的男人和女人》："一只白鹿从原上奔跑而过/留下一段远去的传说/风转动四季，把这里/由绿变黄再由黄变绿/十里老街传承着祖宗的一脉香火/公鸡打鸣准时唤醒东沟的日头/从女人身边爬起的男人/牵着牛上了南坡/扯一片彩霞披在身上/把喜怒哀乐种进脚下的泥土……樱桃红了/唢呐声声，唤来/村里的又一位新娘”。这首诗依然是以白鹿原的乡村生活作为抒写背景的。诗人以其凝练的个性化语言，以“白鹿远去”的意象，勾勒出白鹿原悠悠千年的历史，以四季交替、日月轮回、男耕女织、生息繁衍等世相物事的抒写，表达自己对于自然社会和人类生活周而复始不竭永续的现代化思考，思考里包含诘问，诘问中又不乏向往和喜爱，这不也是一种别样的乡愁吗？在《遥远的白鹿原》中，诗人的抒写发生了明显的变化，他赋予“白鹿原”以现代化的元素，而且，他将自己直接抒写进去了。譬如：“白鹿原上，掠过千百年的风/是谁吼着荒腔走板的秦腔/老镇古堡，结来散去/前世今生的恩怨情仇/佛塔古寺，在祝福祈愿中/香火袅袅飘荡……”紧接着，画风突转：“踏着春华秋实的时令走来/五月流香，樱桃红得让人垂涎欲滴/坡梁上翻滚着金黄的麦浪/八月未央，红通通的柿子和/一串串的葡萄骊珠充满山谷”。最后又这样写道：“我就是那个，枕着/鲸鱼沟平湖月色入睡的孩子/和星星嬉戏，与嫦娥在月宫里捉迷藏/传说中那只携带着幸福的白鹿/肯定隐藏在原野、沟壑/远山之中”。在诗人的眼里，曾经沉重的历史如同烟云，已经远去，当下的生活散发着璀璨的光辉，“我”不禁融入其中，嬉戏追逐，去寻觅那只象征着吉祥幸福的“白鹿”。我喜欢这首诗是因为它表达了诗人情感意绪的畅达、转折和变化。但是其缺点也是明显的，那就是在表达上还缺乏理应更加深沉的艺术与思想的意蕴，他的表达是否过于直接、也过于明亮和轻快了一些呢？

在雷风先生的这部诗集当中，表达对于故乡，特别是对于父母的情感情怀的诗篇，占据了相当的篇幅。这是很自然的。人是少年好，月是故乡明。他的自由体诗的第二辑为《魂牵梦萦故乡月》。在细细阅读这个章节的时候，我想到了一个人的童年和少年的生活记忆对于其人生的特殊重要意义。对于一个作家来说尤为如此。童年的生活不仅可以为作家提供创作的素材，还可以铸就一个人此后一生的品德气质。童年如诗、如梦。童年是心灵温暖和伤痛的发源地，也是我们生命的出发点和归宿。我在几次阅读著名作家王蒙老师的长篇小说《活动变人形》时，就愈来愈被一种锥心刻骨般的心灵的巨大伤感所深深震撼，我想那一定是来自作家遥远的童年与少年的生命镌刻的印记，并且它一定是绝对独特、无法虚构和不可替代的。所有的感伤、快乐和痛苦，它只属于王蒙。雷风的诗也是独特而不可替代的。他写到了镌刻在一位儿童记忆里的父亲、母亲，家门前的石板，做棺材的木匠和属于他自己的亲爱的村庄。他写道："飞鸟守望着天空/村庄守望着平原/而村庄里的人，就像村庄一样/有个性，朴素而宽厚……村南紫色的苜蓿花开了又谢了/院子里的丝瓜葫芦攀缘上屋檐/鸡和鸭自言自语悠闲踱步/看家护院的狗始终忠于职守/岁月把生活洗练成老歌谣/父母在一生也没有走出的村庄/为江湖上的儿女，酿出一坛坛/绵长隽永的乡愁”。（《父母的村庄》）诗人的这种记忆和怀念是宁静而悠长的，充盈着一种感伤的美。还有：“许是神的安排，他顺从/世界的秩序，日月为伍/在渭水之南的一方土地上/捻塑一个农夫垦荒的故事……在种子落地的声音里/在磨砺镰刀的月光里/在春去秋来的牧歌里/在倦鸟归巢的夕阳里/编织斑斓迷离的梦翼……”（《父亲》）“一条小路伸向塬上的坡梁/那是白云接走你们的地方/迎春花开满清明节的坟茔/清风摇曳着杜鹃的哀伤”。（《让春天的落英覆盖在父亲和母亲身上》）诗人的“父亲”顺从神的安排，遵循世界的秩序，农夫垦荒，日月为伍，心怀梦翼，终归黄土。千年如是，永续轮回。这里的父亲形象已经具有典型的意义，具有历史与时代的深度，已经成为一切人的父亲的永恒的形象。诗人的哀伤也当然成为所有人的思念和哀伤，使阅读者产生深深的心理共鸣效应。在《做棺材的木匠》里，雷风这样写道：“用一生的敬意/解读一棵树的志向/用一块木头沉静的意义/抚慰一个不再骚动的灵魂”。所有的敬意，所有的爱戴，所有的悲悯，所有的对于生活和生命的感动与思考，统统都涵盖在诗句里头了。

雷风的诗是非常丰富而多样化的。他具有十分敏感的艺术体验和感受能力。在本诗集所收录自由体诗歌里，有相当一部分是表达诗人个性化生命情绪瞬时而深邃的体验和感受的，诗味很纯、很浓，我很喜欢。譬如："借着夜色，你像一只白狐/从山的背后款款而出/手持竖箫吹奏一曲天籁/消融了百年积雪/石头也悄悄地流泪/清风吹皱了一池清涟/却吹不透一纸蝉纱/求一枚药王庙的灵丹，去拯救/那朵不能舒展的白云/捡一篮秦岭山涧的明月竹影/编织一段斑斓的安徒生童话……"（《清风吹皱了一池清涟》）以如此清幽的笔触，抒写一种心境，有一种画面般的质感，令人产生丰富的联想。还有："一阵蛙鸣声，缠住我的脚步/莫不是又回到了从前 ——/黄昏，从乡村荷塘传来的蛙声/此起彼伏，悦耳动听/暮归的老牛驮着夕阳/童年的头枕着快乐的歌谣/依偎着母亲进入梦乡 ……"（《蛙鸣声缠住我的脚步》）在这一首诗中，诗人的用词和想象力是多么丰富而奇特啊！又是多么的真挚和深情！他将自己对故地与亲人的眷恋惦念，统统凝聚在那一声声的蛙鸣里了，使读者心中不由得泛起欣喜的涟漪。还有如下这几句："一湾灵性多情的流水/唤起每家每户清晨的炊烟/慕名而来的游客/在古街的商铺堂馆里流连忘返/习惯了江南随时落雨/习惯了时光悠然变慢/池塘边几只信步的鸭子/点缀着世外的淳朴与安恬……

今夜，为你留下/一轮明月，枕街听水”。（《今夜为你留下》）这首诗里，没有故弄玄虚的词组，没有故作高深的玄思，用一种完全生活化的十分朴素的语词写诗，其意象令人向往而动心，表现出一种真正诗性的质地和美感，这是诗人雷风的真本事。

雷风诗集中除自由体诗以外，还收录了相当部分的古体诗词，阅读后令人感触颇深。雷风写古体诗词时间较早，伴随和记录了其人生的艰难心路历程，也很好地继承和体现了中国传统诗歌创作的优长和特征。在表达诗人丰富情感与人文哲思方面，与其自由体诗的创作形成“异曲”而“同工”，与其丰富多姿的自由体诗歌所抒写的素材对象、所表达的情感意绪大致相同，仍然脱不开对家园故土、亲情乡情的诚挚歌唱，我在这里恕不一一列举品评。然而在古体诗中，我认为给我留下更深阅读印记的是他对于关中农村自然风物的描述，使我忽然联想起唐代大诗人王维与晋代文豪陶渊明的著名诗歌，想起了“空山新雨后，天气晚来秋。明月松间照，清泉石上流。竹喧归浣女，莲动下渔舟……”也想起了“结庐在人境，而无车马喧。问君何能尔？心远地自偏。采菊东篱下，悠然见南山……”而雷风的诗是这样的：“东风吹四野，细雨落无声。竹淡新溪隐，梅疏宿雪融。偶来三舞燕，时去两流萤。渺渺寒烟里，寥寥草色青。”（《二十四节气即景之雨水淡墨图》）还有这首：“三月行山客，初晴霁雨天。竹新风气冷，花嫩露珠鲜。松岭浮光影，茶坡泛霭烟。谷空啼杜宇，石上煮春泉。”（《二十四节气即景之谷雨山行》）再看这首：“子规鸣婉转，麦浪耀金光。槐柳拥堤岸，莲萍漫水塘。西沟忽阵雨，东岭又骄阳。十万秦农地，收割撒种忙。”（《二十四节气即景之芒种长安行》）多么安静，多么迷人，多么细微而又准确，多么富有大自然的色彩、节律、声响与气息！多么具有古雅之气而又绝不缺乏现代文明的吹拂和人性关怀。我是太喜欢这几首诗了！雷风一定是得了古代诗家文豪们的神韵的，当然他仍然是他自己，他的语词系统与情感逻辑仍然是独特的现代雷式风格，这种朴素的表达令人沉浸而感动。

“谁奏边关曲，重山复水长。秋思难入梦，钩月亦孤凉。”（《秋思》）雷风的这首小诗表达了一种惦念与幽思、一种孤独和感伤，也许还表达了对于生命脆弱无常的感慨与一声叹息。它是丰富而多义的，也是真正的诗的语言、诗的意境，而完全不是某些概念性的表达。但是总体看雷风的诗的创作还是有某一些艺术的不平衡的情形存在。诗无达诂。首先要求的还是语言的永无止境的锤炼与提升，纯粹的美的语言出自自己诗意而纯粹的心境。当然还得有艺术家所必须具有的深刻的生命哲思，其哲思又来自对丰富的甚至是喧嚣生活的理性的把握。我感到雷风先生在这些方面都具有自己的巨大优势。他具有良好的艺术感觉与极其丰富的生活积淀，加上他自己现在有更多的时间和精力投入诗歌创作之中，其更为美好的创作前景当然是值得我们期待的。

2023 年 9 月 20 日于骊山西秀岭

（峻里：本名李君利，中国作家协会会员，陕西省作家协会理事，灞桥区文学艺术界联合会副主席，出版有小说、散文集多部。）

细火慢炖诗味浓

——浅评雷风诗集《风的足迹》审美情趣

李　燕

作为诗人雷风的老友，我见证了他从一个默默无闻的诗歌习作者，渐渐走向成熟的过程。这些年，诗人在生活中不断地感悟，不断挑战自我，跨越难度，精益求精，试图展示一个更完美的作品。经过长期磨炼，诗人对诗歌的执着追求、对生活的无限热爱、极为丰富的想象力、富有张力的语言，在历史感喟、生命体验和大自然的感召之下灵魂的皈依与救赎，以及个体于生命于社会的情感温度与深度，集中体现了雷风诗歌独特的美学价值。

而就雷风律师这个职业的条理性和理性，又限制了诗人之于自由与奔放的灵魂。曾经，他像头被困的狮子，急于寻找打开围笼的钥匙，或者哪怕是一根木棍也好，至少可以撬开通往烂漫天空的枷锁。于是，他在繁忙的工作之余，找到了互补与平衡，那就是诗歌。

诗集《风的足迹》收录了诗人雷风精心创作的现代自由诗和古体诗词，其中不乏精品力作。在上编中，有富有生活哲思的，也有偏重于人文关怀的，还有展示历史文化的，当然也有写爱情、亲情和友情的。

人们总是向往美好的爱情。或许残酷的现实和紧张的生活节奏导致生活缺少了浪漫和意趣，人们只能寄希望于梦境中。《清风吹皱了一池清涟》一诗中，诗人通过对夜色、白狐、竖箫、积雪、石头等意象的描写，一步步将“剧情”推向高潮，这时，“清风吹皱了一池清涟……编织一段斑斓的安徒生童话”，暗示了心随云动的心路历程，哪怕“梦醒时分……留下一窝温柔的遗憾”又如何？

也或者无关爱情，仅仅是享受一个人的旅行也未尝不可。听诗人说起江南，我也心向往之，向往那里的亭台绣阁，小桥流水，白墙黛瓦，青青石巷，烟雨蒙蒙……很多人与我一样，走不出戴望舒老师的那条“雨巷”。让人充满无限想象、诗兴盎然、流连忘返的地方，自然留下了不少灿烂的诗篇。如《撑一把伞去听雨》这首诗，诗人也是将大男子的小女人情怀温润地呈现：“滴答滴答的雨，敲打着/明清时期的白墙黛瓦/唤醒一帘江南幽梦/推开一扇古老厚重的雕花门/撑一把伞去听雨”。我想，若置身在这样的场景中，再粗鲁的人也会变得温柔起来。“雨滴，从学堂的高檐天窗滑落/撩乱空楼绣阁的沉寂/用布鞋抚摸一遍由鹅卵石铺就/布满青苔的老街/作别百年苍劲的牌坊”。绣阁、布鞋与青苔……这些具有典型传统意象的词语，在诗人的笔下变得格外亲切，滋生出怀旧的情绪。最值得玩味的是最后两句，“一幅烟雨蒙蒙的水墨画中/雨打修竹，风摇莲朵……” “雨”对“风”，“打”对“摇”，“修竹”对“莲朵”，放在此处，怎一个“美”字了得！

每个人都有自己的小秘密，也或者说都曾拥有一段回不去的过去。那些往事时不时会被有关联的人或物轻轻拨动心弦，会忧伤，或许是欢喜，甚至于悲喜交加。那么，《在槐花飘香的季节想你》一诗表达了诗人何种情愫呢？

“那时候，满山遍野盛开着槐花/你衣袂飘飘轻盈得像只蝴蝶/与我邂逅在花丛中/把一瓣馨香熏染在我身上”。槐花开时，诗人邂逅一瓣心香，后来“我以梦为马/突如其来的山洪/却摧垮了相会的廊桥/几只乌鸦在天空盘旋、啼鸣/把惆怅与叹息留在这个季节”。山洪摧垮廊桥，乌鸦啼鸣，这些意象的接连出现，大大增加了诗人与读者心里的压力与情感低沉的程度。可能是一段姻缘因为种种原因被阻断，又或许是仅仅在怀念一位萍水相逢的姑娘。“还是那个槐花盛开的地方/我遇见一位‘槐花’一样的小姑娘/她指着远方说/‘妈妈去了城里……’”“妈妈去了城里”这句留下了极大的想象空间，不由得让人猜想“小姑娘”跟“她”是什么关系呢？小姑娘的妈妈去城里干什么了呢？打工？或是嫌贫爱富狠心丢下女儿再嫁城里人？不知道，我们只能通过自己的经验去推测，这种留白恰到好处。

与这三首不同的是，《送葬》这首诗富有强烈的生命哲思。生与死是人生的终极命题，一个是生命的开始，一个是生命的结束。正如诗人说“你从尘埃中来又走进尘埃”，其间经历生命的绽放，亲情、友情、爱情等情愫的参与和交织，人间百态的各种体验。从此篇一开始到第三节，将“尘埃”“认识”“心里”“回忆”等词语重复使用，突显了写作技巧的娴熟，而最让人寻味与细品的，则是最后两节：“不同的是/你像一朵白云遨游于湛蓝天空/我像一枚落叶漂泊在孤岭荒野/你走了，我来送你/等我走了，你不会来送我/记住，你欠我一次送葬”。你已经去了天堂，而我还在人世间孤独地漂泊，这是一种怎样的无力与无奈？我们不得而知。而你欠我的，你永远都偿还不了。诗人对逝去之人声色俱厉的责备，恰恰反衬出诗人不舍、痛苦的心境。这可能是男性诗人与女性诗人写作最大的区别。如果由我来写，一定是梨花带雨，哭声震地，控制不好自己的情绪，导致用力过猛而收获不到良好的效果。这首诗无关悲怆实则悲怆，无关深沉实则深沉，无关感动实则被感动得一塌糊涂。

令我更为欣喜的是，当我读到《渡口，一叶扁舟在等候》这首诗时，感受到诗人对于人文关怀的重视程度。整首诗歌一节一幅画，一叹一颔首。诗人从黄河入手，到藤蔓、蒲公英、白鹭、父亲、孩子等这些具有代表性的植物、动物与人类，如“黄河扭动着身姿，用一支/狼毫画出九十九道弯/把沧桑与忧伤揽在怀中/曾想，割下河岸滩头的藤蔓/拧结成长缨，勒住狂野的风/让蒲公英的种子不再流浪……搭一间避风挡雨的草舍/让受伤的白鹭病愈后再飞向天空……父辈‘走西口’褪色的印记/新的‘信天游’又在山沟回荡……渡口，一叶扁舟/在夜色下静静等候。或许/还有被落下的急于归家的孩子”。就这样一步一步在为弱势群体奔走呼号中，深刻地进行灵魂的拷问，并为他们搭建梦中王国和现实家园，让自然、生灵与人类和谐地融为一体，从而为构建人类真正的命运共同体这个宏大主题而贡献自己的绵薄之力。真善美随行，世界充满爱，读者的心在此得到慰藉，感受到温暖，足以见得诗人开阔的胸襟与悲悯的情怀，无不让人叹服与膜拜！

《父亲》这首诗歌写了父亲离开之后，诗人对他的追思与总结。“懂得一粒米来之不易的人/连一头牛也从不厉声呵斥/骨头缝里的清贫，改变不了/他对土地的忠诚和信仰”——该诗刻画了一位面朝黄土背朝天的老实巴交的农民形象。诚然，很多诗人笔下的父亲是一座山，巍峨挺拔、峰峦雄伟；父亲是一棵树，苍劲有力、亭亭如盖；父亲是一片海，宽宏辽阔、深邃无际。父亲被视为家庭的顶梁柱、主心骨，父亲承载着家族的希望和家庭的使命。可父亲到最后，他所做的一切，都只是“为自己偿还前世的债/为儿女圆今生的梦”。“为自己偿还前世的债”——这世间哪有前世的债，只有“为儿女圆今生的梦”。如果真要这么说，只是为了给父亲所有的付出一个合理的解释罢了。这使得对儿女无私、对自己无畏且无比卑微的父亲形象一下子变得高大起来，与之前的铺垫形成鲜明的对比，作品也进而得到了升华。

而《约唐寅一起看桃花》这首诗很有代入感，瞬间带读者穿越到明朝，顿觉趣味丛生，想去一探究竟，看诗人与唐寅在一起的独特感受，让人忍俊不禁。“三月的花魁，一定是桃花/‘桃之夭夭，灼灼其华’/蜂飞蝶舞中，最是你的/诱惑，怀春的女子/顾盼生姿，风情万种/约上唐寅一起看桃花/饮一壶陈酿，同吟《桃花庵歌》/酒醒，花前坐/酒醉，花下眠”。（《约

唐寅一起看桃花》）

唐寅是明朝著名画家、书法家、诗人，这首《桃花庵歌》正是这位以才情取胜的诗人的代表作之一。看来，冥冥之中，诗人雷风与唐大诗人有着千丝万缕的联系啊。“饮一壶陈酿，同吟《桃花庵歌》/酒醒，花前坐/酒醉，花下眠”。读到这里，不由自主地闭上眼睛，就像置身于大自然的桃红柳绿之中。我仿佛看到一张茶桌两把椅，两人相对而坐，对饮同吟。旁边，一曲古筝轻轻弹奏，高山流水处，几只仙鹤时远时近。清风徐徐，桃花微颤，蜂飞蝶舞，花香四溢……诗人与唐大诗人同为男子，同样重情，更重要的是同为桃花的追随者，甚至于说是阶下囚也毫不为过。想必，若是放在今日，一定是俞伯牙与钟子期的再会。

诗人的目光敏锐，思路清晰，睿智多才，可能与他的职业有一定的关系。他在对诗歌的不断探索中滋生出灵魂的拷问，又在不断寻觅中求证问题的答案。他不仅要写风花雪月，还要写亲情友情，创作的范围不断扩大，涉猎的题材也日益广泛。在这种步步为营的试探中，他的思想呈现飞扬状态，境界也逐步提升。他对人文景观、历史文化也产生了浓厚的兴趣。在工作之余，他潜心钻研，勇于探索，这在《半坡牧歌》中可以得到见证。

这首诗中，诗人以大量笔墨还原六千年之前的场景为主要叙事，展示了中国原始社会新石器时代到母系氏族繁荣时期典型的北方浐河农耕文化。“女酋长和女人们一起主事/农桑、采摘与纺织/男人们狩猎、捕鱼或制陶”。反映了半坡居民的经济生活以农业、渔猎、制陶为主要来源。那时他们的居民区为了防止凶猛的野兽入侵，是以壕沟围绕的，用的农具和渔具有石斧、石锛、石铲、石镰、石磨盘、骨刀、骨锥、骨鱼叉、骨鱼钩等。“爱美的母亲，戴上蚌饰项链和手环/用精灵的骨针缝缀兽皮与织物/智慧的工匠，用彩陶承载生活/用游鱼、驰马、人面的绘饰飞扬思想/陶罐盛满古粟，火盆尚存灰烬/陶甑蒸成了干饭”。这一节则完美呈现了母系氏族社会丰衣足食的生活风貌和人们超然的审美能力。最后一节“村口，我问那位汲水的半坡姑娘/人面鱼纹盆里究竟藏着怎样的秘密/可她，低眉垂眼，缄口不答”。诗中留下悬念，让读者自己去寻找答案，令人回味无穷。诗人可谓是高人，他竟然“挥挥衣袖不带走一片云彩”，也就此潇洒地与读者作别了。

《高度》则描写了一条跳过龙门的鱼游进大海之后，兴奋得忘乎所以。当被渔民打捞腌制成腊鱼干后，一双眼睛永不瞑目，该诗极具讽刺意味。诗人用象征的手法，暗示人在任何时候都要低调为人，不要忘了初心和使命。“你不幸被人捕获/卸去鳞甲，涂上盐/高高地垂挂在屋檐下眺望大海/那一双眼睛，更不会眨了”。当好不容易披荆斩棘身处高位，却因一时的疏忽大意、高傲自得或自我膨胀，最后落得深陷泥沼不能自拔的下场，可悲可叹，这是谁也不想要的结果。读到最后，突然想到此诗结尾处与昌政的《眺望》那首诗歌的结尾处“只剩一层盐/腌制那死不瞑目的眺望”有着异曲同工之妙，但两人在立意上却千差万别。

当然，还有很多诗味浓郁、意境优美的好诗不胜枚举。如《送别》渲染了情深深雨蒙蒙的凄美之情；《鸢尾花》呈现了花的灵动与温情；《红梅》“不曾想争春/不曾想结果”的气度与格局；《父母的村庄》则为读者展现了北方农村生活场景，父母终其一生只是“为江湖上的儿女，酿出一坛坛/绵长隽永的乡愁”，读来引发读者的情感共鸣；《胡杨礼赞》中“即使你最后倒下/完全被风沙埋掉/还是以栩栩如生的姿势/冬眠”，凸显的是胡杨的品质；《束河镇的午后》描写的是丽江的束河镇美丽的景致和午后时光，表达了悠闲而洒脱的心情；《趁着阳光还好》《被风吹乱的日子》《一湖秋色》则是自己与自我心灵的表白……

之所以说诗人“睿智多才”，是说就我们所熟知的，诗人除了创作现代诗歌外，还写得一手行云流水、舒展自如的行书，每每看到他的字总让我们艳羡不已。这对于自小练习毛笔字的我来说，可谓是不小的打击！

当听说这次还把古诗词拿出来一起编辑时，我们更是瞪大了眼睛——这是我们这些所谓的“老友”都不知道的事情，真是深藏不露！

下编古体诗词部分，有咏物、思人、写景、送别、思乡等，其中有几首也给我留下了深刻的印象，在此与读者一起分享。

《咏竹》是一首托物言志的诗。该诗作为诗人的获奖作品，必有其独到之处。“无论寒山与院庭，抱节直上探云星”开篇倒置，点出竹无视出身贫穷与富贵，抱着一颗勇往直前的心，刚正不阿、不屈不挠、虚怀若谷、高风亮节的精神品质。“娟楚虚怀烟雨外，翠筠劲骨雪霜中”中的“娟”，有姿态柔美之意；“虚怀”则指一个人胸襟宽大、虚心谦退之意；“翠筠”指绿竹，取唐代名家白居易的《寄蕲州簟与元九，因题六韵》“霜刀劈翠筠”中的“翠筠”。此诗引经据典，写尽竹的体态、容貌、品质和精神。为什么为竹写那么多诗，原来诗人莫名地喜好与竹为伴，是因诗人与其一样一身正气，洁身自好，诗人最后为读者做了最好的注解。

正因为诗人拥有“竹”的品质，又重情重义，因此结交了不少挚友，郭义民仅是其中之一。《怀郭义民兄》这首诗，写了同地域的两个作家和诗人，因文结缘，相识相知，互帮互助。后来郭义民离世后，诗人常常回忆他们在一起时的点点滴滴，表达了深切的怀念之情。以“先慕诗章后面君，一朝对饮两知音”开头，说明了他俩相识的原因，也表达了诗人为人处世的低调，是因为早先拜读过郭义民的文章，倾慕其写作才华，才有了后来相见即成为知己；以“犹说灞水春秋事，月下南窗无故人”结尾，说明以后还想再写灞水两岸的故事，可惜月光之下的南窗再也见不到这个写作的人了。“月下南窗”取自于郭义民《秋语南窗月》一书的书名，听说郭义民经常在南窗下有月光的深夜，创作散文和其他文学作品。最后一句与王维的《送元二使安西》中“西出阳关无故人”如出一辙，但又完全不同。那是诗人送别元二，可能他们还有同饮同醉的机会，而这里的意思是再也不会有郭义民了，对于诗人来说，失去了一个知音，痛心之、惋惜之……

朋友重要，家人也重要，在诗人的词里充满了温情。《临江仙·送女儿》是诗人携夫人去机场，送女儿远赴法国留学时所作。写载着女儿的飞机消失在视线之外，天空移动的飞云似乎是雪花在飘，诗人顿时感觉心里空落落、冰凉凉的。诗人送行时，面对女儿不知道该嘱咐些什么，但此刻千言万语却涌上心头。一方面担心女儿去了国外没有熟悉的人照顾，一方面又很自信她会处理得很好。为父的多想告诫女儿，一人在外不管遇到什么困难，都要策马扬鞭，发愤图强。

“借取春风终有度，何来半点荒颓。囊萤凿壁自鞭催。”“囊萤”一词出自《囊萤夜读》，是写晋朝人车胤勤学而不知疲倦，但因家境贫寒，所以将萤火虫捉来装在袋子里，才得以夜以继日地学习。“征程人未至，已念几时归。”女儿刚刚起程，就对女儿的归来充满了期待。这就是父亲——无数个父亲的缩影！

诗人写小家，也写国史。《忆秦娥 · 马嵬坡访杨贵妃墓》中诗人发出了“祸国何数倾国错”的疑问，接着似乎自言自语地回答：“人间天上情难舍。情难舍。且留长恨，且留香色。”那到底是谁的错呢？这世间唯有“情”难却！斯人已去，爱且悠悠，恨且幽幽，杨贵妃的香气与艳色仍然长留人间。

《归来》回忆了在职场上为了正义而战，仗剑走江湖的往昔，如今快到了退休的年龄，也有了“坐看云卷云舒”的从容和心态，该是重拾旧爱的时候了，这种快乐感迎面扑来；《醉花阴 · 中秋情》表达了中秋节时对母亲的追忆，情真意切思念绵长；而《游园》中既有对主人因囚鸟引众人围观而自得的指责，也有对鸟能自由飞翔的期待……

一本诗集承载着诗人多年以来的梦想，凝聚着心血和智慧，见证了诗人不平凡的诗路历程。雷风已经在诗歌的道路上探索多年，写出了很多温暖心灵的作品，积累了很多人生与创作经验，奉行了诗歌的美学旨意。我认为，一个诗人可贵的不仅是诗品，更重要的是人品。在光荣退休后，这本诗集应该是送给自己最珍贵的礼物。

（李燕：女，笔名幽兰生馨，中国作家协会会员，湖北省作家协会会员，作家、评论家、编辑。）

目 录

上 编

第一辑 红尘总是千千情

第二辑 魂牵梦萦故乡月

第三辑 阳光做伴好追风

下 编

第四辑　且把冰心朝雪映

第五辑　雨涤竹绿读云水

第六辑　一怀情愫春秋远

第七辑 霜润枫红看海天

上　编

第一辑　红尘总是千千情

一个追风的人

一个追风的人
随风起舞，用扇动的翅膀
驱散心中的惆怅

从渭水之滨的烟火里
寻找两千年秦俑游荡的灵魂
咀嚼一粟一米中泥土青草的味道

哼唱歌谣，种一路太阳
给走过的脚印涂上七色云彩
远山的背后便是大海

敬仰一座山峰、一只任性的鹰
爱一叶绿、一汪荷塘月色
梦中一片蛙声……

寻找传说中的白鹿原

携五月的风和布谷鸟的鸣啭
穿过灞水之上的广袤原野
寻找那只传说中的白鹿
和那恍若隔世的村郭

喇叭花在剥蚀的村垣上摇曳
斜阳把历经风雨的牌楼投映在广场
错落有致的土墙、青瓦
寂寥守候的老树、深巷

我看见一盘石磨与一丘麦垛拉家常
一孔窗格纸里溜出了悄悄话
水塘边浣衣的女人，想着
坡梁上耕作的男人和牛

从崖畔窑洞吼出一阵阵秦腔

吼黄了麦海，吼落了星斗

（原载于《绿风》2016年第6期、《安徽文学》2016年诗歌年选、《安徽文学》2014—2016优秀诗人作品集）

白鹿原上的男人和女人

一只白鹿从原上奔跑而过
留下一段远去的传说
风转动四季，把这里
由绿变黄再由黄变绿
十里老街传承着祖宗的一脉香火

公鸡打鸣准时唤醒东沟的日头
从女人身边爬起的男人
牵着牛上了南坡
扯一片彩霞披在身上
把喜怒哀乐种进脚下的泥土

去年的燕子飞回屋梁上的旧巢
院子里的女人
喂饱了鸡鸭、猪仔和狗
推起石磨，转动着心底的希冀

樱桃红了

唢呐声声，唤来

村里的又一位新娘

（原载《安徽文学》2016年诗歌年选、《安徽文学》2014—2016优秀诗人作品集）

立一盏天灯，寄托今生和来世

五百年前
一尾被放生的鱼游回大海
一滴红泪打湿了一场幽梦

一朵白云从天边飘来
柳荫藏不住秋天的漫长
我只身孤影在黄昏里守望
捡拾你琴声洒落的片片忧伤
捂住被那支飞箭射穿的心口
我抓住你绝不放手

在秦岭脚下茅屋栅栏里
我俩劈柴做饭，结绳记事
是为了报恩抑或还债
你掬一湖清月梨花带雨
携一头小鹿一起踏雪寻梅

从怀里放飞一只伤愈的黄鹂
一瓣心香化入佛塔飞檐的风铃

当北国的风吹皱了江南春水
也吹开旗袍上一簇丁香花
执子之手，指指相扣
在三生石上立一盏天灯
寄托我俩的今生和来世

（原载于《安徽文学》2014—2016 优秀诗人作品集）

清风吹皱了一池清涟

借着夜色，你像一只白狐
从山的背后款款而出
手持竖箫吹奏一曲天籁
消融了百年积雪
石头也悄悄地流泪

清风吹皱了一池清涟
却吹不透一纸蝉纱
求一枚药王庙的灵丹，去拯救
那朵不能舒展的白云
捡一篮秦岭山涧的明月竹影
编织一段斑斓的安徒生童话……

梦醒时分
一座大山截断了河流
在白狐离去的地方
留下一窝温柔的遗憾

（原载于《绿风》2018年第1期、《安徽文学》2016年诗歌年选、《安徽文学》2014—2016优秀诗人作品集）

遥远的白鹿原

白鹿原上，掠过千百年的风
是谁吼着荒腔走板的秦腔
老镇古堡，结来散去
前世今生的恩怨情仇
佛塔古寺，在祝福祈愿中
香火袅袅飘荡……

踏着春华秋实的时令走来
五月流香，樱桃红得让人垂涎欲滴
坡梁上翻滚着金黄的麦浪
八月未央，红通通的柿子和
一串串的葡萄骊珠充满山谷

我就是那个，枕着
鲸鱼沟平湖月色入睡的孩子
和星星嬉戏，与嫦娥在月宫里捉迷藏

传说中那只携带着幸福的白鹿
肯定隐藏在原野、沟壑
远山之中

（原载于《安徽文学》2014—2016 优秀诗人作品集）

撑一把伞去听雨

滴答滴答的雨，敲打着
明清时期的白墙黛瓦
唤醒一帘江南幽梦
推开一扇古老厚重的雕花门
撑一把伞去听雨

雨滴，从学堂的高檐天窗滑落
撩乱空楼绣阁的沉寂
用布鞋抚摸一遍由鹅卵石铺就
布满青苔的老街
作别百年苍劲的牌坊
走过栋宇鳞次，跨过南湖小桥
在山与水之间轻舒广袖
拨动缠绵于自己季节的琴瑟

一幅烟雨蒙蒙的水墨画中
雨打修竹，风摇莲朵……

（原载于《安徽文学》2014—2016 优秀诗人作品集）

今夜为你留下

一湾灵性多情的流水
唤起每家每户清晨的炊烟
慕名而来的游客
在古街的商铺堂馆里流连忘返

习惯了江南随时落雨
习惯了时光悠然变慢
池塘边几只信步的鸭子
点缀着世外的淳朴与安恬

沿一方长街画卷
石拱桥下流淌着欢歌笑语
一位佳人凭栏眺望，眼眸里
撒出一张大网
游客纷纷掉进网中央

今夜，为你留下
一轮明月，枕街听水

（原载于《绿风》2016 年第 6 期、《安徽文学》2014—2016 优秀诗人作品集）

廊　桥

廊桥，横挽着两岸
一边是竹山
一边是茶园

六月的梅雨
在这里休憩
奔流不息的河水
喧诉着岁月的沧桑
从弯弯山路而来
卸下肩上的重荷
一篓绿叶散发着
淡淡的清香
那扇被半掩的窗户
遮不住阿妹的笑靥
你说了秋天菊黄的时候再来
那串玫瑰色的念想
藏在了廊桥对岸

说不清是雨还是雾
迷茫了山野，依稀中
一把红伞从远处慢慢飘来

（原载于《绿风》2016 年第 6 期、《安徽文学》2014—2016 优秀诗人作品集）

在槐花飘香的季节想你

那时候，满山遍野盛开着槐花
你衣袂飘飘轻盈得像只蝴蝶
与我邂逅在花丛中
把一瓣馨香熏染在我身上

我以梦为马
突如其来的山洪
却摧垮了相会的廊桥
几只乌鸦在天空盘旋、啼鸣
把惆怅与叹息留在这个季节

还是那个槐花盛开的地方
我遇见一位“槐花”一样的小姑娘
她指着远方说
“妈妈去了城里……”

记忆堆积在心灵的角落
每每在槐花飘香的季节，想你

（原载于《安徽文学》2014—2016 优秀诗人作品集）

送 别

挥挥手，直到你的背影渐渐消失
一只孤雁衔两眼酸泪

沿着柳堤，拂一袖
熟悉的风雪
一把油纸伞，折藏着
雨中亭栏邂逅的故事
穿行心湖的轻舟，载满
梧桐落叶的呢喃细语
高山流水的情愫，牵绊
天涯海角的归期

天空中彩虹穿着梦的衣裳
一朵行云踌躇满志

那只灵性忠实的白鸽
翻山越岭，去追随
你的飘蓬浪迹

（原载于《安徽文学》2014—2016 优秀诗人作品集）

心中挥之不去的影子

满城的桂花香汹涌袭来
石拱桥上的那支洞箫
吹皱了莫愁湖上的碎玉清月
霓虹灯下的舞池
一个影子在寻找另一个影子

被萤火虫点燃的枫叶林
红了一道坡、一道梁
寺院里青灯陪伴木鱼声声
点化五百年前的因缘
南飞鸿雁和飞雪玉花里
远去的列车

窗外，熟悉的鸟鸣在耳畔响起
萦绕的影子
在我的心中挥之不去

（原载于《绿风》2018 年第 1 期、《安徽文学》2014—2016 优秀诗人作品集）

灞川春晓

风从江南翻越秦岭
灞水两岸，春意朦胧
一缕梅香，欲去还留

碧水顺流而下，赶一群鸭子
以身试暖
芦苇边凝神贯注的丹顶鹤
等待邂逅一尾踏青的鱼
一叶扁舟划波向远
谁的箫声柔肠百转
我又见李太白送友灞陵亭
年年柳色忆秦娥

原坡之上，犁铧和锄头
翻出土地的企望
越冬小麦拉筋拔节

季节的枝头上，杏花、李花、桃花的
骨朵蠢蠢欲动
天空雁阵飞过，一团团白云
正在酝酿春的情事

灞桥，柳岸，兰亭
打开线装典籍，唤你
从婉约清丽的宋词中出来
与我一起，煮一壶
灞川春晓……

渡口，一叶扁舟在等候

黄河扭动着身姿，用一支
狼毫画出九十九道弯
把沧桑与忧伤揽在怀中

曾想，割下河岸滩头的藤蔓
拧结成长缨，勒住狂野的风
让蒲公英的种子不再流浪

捡一堆顽石，砍一捆芦苇
搭一间避风挡雨的草舍
让受伤的白鹭病愈后再飞向天空

似水流年的日子，残留着
父辈“走西口”褪色的印记
新的“信天游”又在山沟回荡

渡口，一叶扁舟
在夜色下静静等候。或许
还有被落下的急于归家的孩子

（原载于《绿风》2020 年第 4 期）

灞水之上

灞河水被橡皮坝砌成一幕水帘
浪花汹涌，我仿佛听到流血的哀伤
白鹭贪婪地捕食不幸的游鱼
树荫里的蝉，声嘶力竭地证明
自己的存在

一场雨带走了热烈的夏火
春天远在寒冬之后
抛弃一个又一个不属于自己的
消息瓶
手中依然是飞不走的千纸鹤

从芦苇丛中旋起的风吹过
留下的，是秋天的凉

（原载于《视界观》2020 年 2 月上半月刊）

立　春

北风到了河畔一扭头
黄莺就追着紫燕喊：立春了

听到立春
暗藏的生命跃跃欲试
心河波涛汹涌
立春了，知道你一定会来

邂　逅

一朵桃花，撞跌了
一副行走的眼镜
一声莺语，叫停了
情迷意乱的脚步
左耳朵悄声说：
“好运随时会有”

一阵风忽然吹过
莺和另一只莺一起飞走
桃花已经贴上另一张红唇
右耳朵悄声说：
“她的心事真猜不透”

一个前世今生的秘密

月亮被拧亮之前
星星已经布好了八卦阵
我知道迟早会成为你的囚徒

潜入海底，掏出蚌腹的珍珠
串成项链，点缀一枚红珊瑚吊坠
拴住你的影子

登上山顶，托行云寄一片红叶
向雨后的彩虹许个心愿
等你，不在乎日落黄昏

一场春梦了无痕
是月亮喝醉了酒，抖出
一个前世今生的秘密

（原载于《绿风》2021 年第 5 期）

梦里，一匹白马在嘶鸣

春风拂袖，暖了河水
绿了两岸山坡
各色花蕾情窦顿开纷纷登场
我的那朵桃花匿迹于
千里之外

蛰伏过漫长冬季
按捺不住一颗心的狂野
卧虹桥上那一场邂逅
能让消逝的时光倒流
追一缕馨香，莺声燕语
一次次错把佳人认成了你
给幻想插上翅膀，寻寻觅觅
始终不见你的芳踪

月亮把梧桐树的影子
越拉越长。梦里
一匹白马向着远方嘶鸣

（原载于《绿风》2021 年第 5 期）

鸢尾花

花族里，你是神的花朵
在大地的背景上，用一片片
春天的绿，天空的蓝，传递
神的旨意

把中国传统的风骨情怀
留给梅兰竹菊，王冠
加冕给牡丹。而你
就用蝴蝶一样的细腻与轻盈
把最神秘的色彩和光影，点涂给
田野、河岸和村庄
你不是媚惑的妖姬，你的
身上，律动着天然的激情
原始的爱

喜爱你，是懂你的人

为你流连忘返，许以红唇
或者篱院相守，盟誓终了
就像梵高[①]，临死前还要
画一幅你，与他钟爱一生的
向日葵相媲美。也许他相信
你这位彩虹女神[②]，能够把他
死后的灵魂，带回天堂

鸢尾花，因为有你
这个世界，多了些温情和浪漫
少了些苍凉和忧伤

---

① 梵高：即文森特·梵高，荷兰后印象派画家，代表作有《星月夜》《向日葵》等。1890 年 7 月，梵高在精神错乱中开枪自杀，年仅 37 岁。

② 彩虹女神：鸢尾的属名 lris 为希腊语“彩虹”之意，音译为“爱丽丝”“伊里斯”。伊里斯是希腊神话中的彩虹女神，她是众神与凡间的使者，能将善良的人死后的灵魂，经由天地间的彩虹桥携回天国。

爱上蔡文姬

喜欢你，源于我年少时读过的一本书
从此，魂牵梦萦，皓首莫忘
后来见到你，是一千八百年后
在蓝田蔡王庄，一座清净绿茵的墓冢

爱你风华绝代
爱你博学多艺，妙于音律
爱你是大文学家、书法家蔡邕之女，甚或
及你离乱坎坷三为人妇的宿命
爱你金璧赎身朔漠归汉的佳话
爱你为救夫披发赤脚闯入相府智对曹操的
刚烈与才辩
爱你《胡笳十八拍》的千古绝唱
爱你“我生之初尚无为，我生之后汉祚衰”的
俊逸手书
爱你留与后世的千年长叹，以及
迷离徜仿的传说

你不只属于卫仲道的，匈奴左贤王的，董祀的
你还属于文学的，音乐的，书法的
你还属于东汉的，华夏的，世界的
你看，你的名字，已经被命名在
水星的环形山上

为自己写一首诗

我手中的火把被流星点亮
在幽长的隧道里摸索前行
向太阳礼拜，向山川呐喊
打好绑腿，披上蓑衣
决然走向苍茫的空谷

我鼓动自己与自己决战
头悬达摩克利斯之剑
披荆斩棘，携千山风雨
经诡幻云路，过地狱之门
登上华山论剑

我为自己竖一块石碑
用鹰的眼睛俯瞰大地
以海的胸怀广纳百川
钢铁般的卫士，鱼尾纹里
掩藏着一丝丝悲悯情怀

我为自己写一首诗
留住法堂论辩的时光
秋风染红了枫叶
扎入地底下的根太深太深
一颗心，始终与大地的脉搏
一起跳动

红　梅

是因为冬天
太过寒素和漫长，白雪
太过清寂和单调

是你，在墙角，在路旁
在悬崖边，在塬坡上
给横斜的枝头，滴上血
静静燃烧，暗香浮动
热烈而绚烂

当春风从背后拍了拍
肩膀
你嫣然一笑，舞一曲
仙女散花，香消玉殒
不曾想争春
不曾想结果

三月的原野

三月，春风梳绿了原野
阳光明亮而温柔
喜鹊在村庄上空飞旋啼叫
一河春水荡漾，两岸新柳摇曳
是谁撩乱了谁的方寸

不愿争风吃醋的梅花独自绽放
金冠灿灿的迎春花恣意招摇
粉薄红轻的杏花，不拒绝与拍照者
一一合影
而更多的人，簇拥着满面春风的桃花
心猿意马
他们相信，见到桃花
准能交上好运

又一阵春风吹过，纷纷扬扬的
花瓣，落满山坡……

送 葬

你从尘埃中来又走进尘埃
安然得像去旅行，不在乎
别人挽留你时泪如倾盆大雨

来过这一程是幸运的
你结识了我
我结识了你

现在一切都不重要了
心里的话反刍回心里
回忆封存于回忆

不同的是
你像一朵白云遨游于湛蓝天空
我像一枚落叶漂泊在孤岭荒野

你走了，我来送你
等我走了，你不会来送我
记住，你欠我一次送葬

（原载于《安徽文学》2014—2016优秀诗人作品集）

世 缘

假如没有前世的缘
我怎么会降生到这个世界
又知道谁是我的父母

假如没有前世的缘
人海中我怎么会抓住你的手
甘苦与共，生死相守

假如没有今世的缘
人间怎么会有这么多人相聚
贫穷富贵，最多的还是朋友

假如没有今世的缘
何来这一世江湖风月沧桑
红尘滚滚，日月如故

假如没有来世的缘
喝下孟婆汤走过奈何桥的人
游荡的魂灵会去向何处

假如没有来世的缘
千年之后
谁知道谁是哪一粒尘土

第二辑　魂牵梦萦故乡月

行走的月亮

一个高冷的侠客
独闯江湖
为了花好而圆满，或者
如钩走秀
一抹清辉，巡更
长夜的安详

不用门票，去看一场
嫦娥的云裳歌舞
饮一壶琼浆，与吴刚对弈
一盘千年残局
采一篮百草园里的灵芝仙草
喂食玉兔
累了，躺在那棵古老婆娑的
桂树下，窃听挂满树梢的
缠绵情话

一不小心，打翻了的魔盘
掉入水中
不管你知晓不知晓
随你哭，随你笑……

石板上的遐思

四周很静
花猫蜷曲着，睡了
少年坐在院子里的石板上
光滑的石板裹着百年的包浆

窗前孤零的椿树，乌鸦在盘旋
大门后的铁锨、锄头早已光秃
木屋、灰瓦、老井、土墙
打从记事起就是这样

太阳从房顶上窜过
后院里的菜苗稀疏蔫黄
屋檐下，蛛网结织着空落的燕巢
蛐蛐儿在暗处不厌其烦地嘶鸣

母亲把那首最爱哼的歌谣

传唱在灶房的炊烟里
父亲把祖辈承继的生活
缠绕在水井的辘轳上
翻完一天天老黄历
留不住穿门而过的时光

听说飞走的燕子去了南方
南方到底有多远
听说远山的背后就是大海
大海又是什么样

只有，沿着村口的路
一直走去……

（原载于《安徽文学》2016 年诗歌年选、《安徽文学》2014—2016 优秀诗人作品集）

父母的村庄

飞鸟守望着天空
村庄守望着平原

而村庄里的人，就像村庄一样
有个性，朴素而宽厚
祖祖辈辈的血脉
流淌成蜿蜒向远的河流
人们心中的信仰
就是一粒粒最纯粹的种子
春种秋收，絮叨着牛的劳顿
太阳的懒惰，星星的诡变
忙忙碌碌，在窗花和楹联的替换中
婚丧嫁娶，生儿育女

村南紫色的苜蓿花开了又谢了
院子里的丝瓜葫芦攀缘上房檐

鸡和鸭自言自语悠闲踱步
看家护院的狗始终忠于职守

岁月把生活洗练成老歌谣
父母在一生也没有走出的村庄
为江湖上的儿女，酿出一坛坛
绵长隽永的乡愁

（原载于《绿风》2021 年第 5 期）

父　亲

我相信，父亲是看到了
摇曳的曼珠沙华
才丢弃缠绵多年的病榻
没有嘱咐，怡然而去

许是神的安排，他顺从
世界的秩序，日月为伍
在渭水之南的一方土地上
捻塑一个农夫垦荒的故事
为一场久旱的雨祈祷
为一坡金黄的麦浪喜泣
懂得一粒米来之不易的人
连一头牛也从不厉声呵斥

骨头缝里的清贫，改变不了
他对土地的忠诚和信仰

用颤抖的双手
把儿女托举起地平线
转过身去——
在种子落地的声音里
在磨砺镰刀的月光里
在春去秋来的牧歌里
在倦鸟归巢的夕阳里
编织斑斓迷离的梦翼……

听菩萨说，父亲终其一生
为自己偿还前世的债
为儿女圆今生的梦

母亲，我在春天来看你

子规声声，在春天的上空婉转
油菜花染黄了山野
山坡上，一个颤颤巍巍的身子
在扶杖眺望
我的双眼噙满泪水

记得，你从塬上采一枝迎春花
把春天递到我手心
你把月光的温柔一针针绣进衣衫
让我在五色缤纷的梦乡长大
我怀揣你的目光走向天涯海角
你在炕头上做好一双双老布鞋
等我回家来穿

当思念的皱纹刻满你的脸庞
驼背承受不起岁月的重荷

黄昏的一阵风刮灭你最后一息烛火
我的世界一片黑暗
断了线的风筝，再也回不到你手中
我一次次呼唤
却在梦中把自己喊醒……

子规声声，在春天的上空婉转
油菜花染黄了山野
母亲，我在春天来看你
想听到你再呼唤我的乳名

（原载于《安徽文学》2014—2016 优秀诗人作品集）

让春天的落英覆盖在父亲和母亲身上

一条小路伸向塬上的坡梁
那是白云接走你们的地方
迎春花开满清明节的坟茔
清风摇曳着杜鹃的哀伤

一遍遍拂拭墓碑上的尘埃
一次次跪拜血脉相承的倾世恩情
细雨湿润了膝下的大地
心中的白鸽已飞往天空

就让春天的落英
轻轻覆盖在你们身上
插上一枝枝青柳
化作你们手中的竹杖

那飘进天堂的袅袅香火
为我搭桥
梦里与你们相见

（原载于《安徽文学》2014—2016 优秀诗人作品集）

萤火虫点燃聚散离合的亲情

中秋节的月亮
掉落在微波粼粼的湖上
老耄的母亲携手父亲
坐在莲花上频频张望

隔山隔水的游子
心像候鸟一样飞回落生的地方
轻轻放下一掬乡愁
捡拾葡萄架下遗落的传说
嗅一口，母亲用柴火烙烤
月饼的醇香

远远地看到了
广寒宫里飘来的桂花雨
萤火虫点燃聚散离合的亲情
月光下，我眺望

玉兔和孩子们在嬉戏

广场上大妈和嫦娥翩翩起舞

对岸的灯火里牛郎在吹箫……

（原载于《绿风》2018 年第 1 期、《安徽文学》2014—2016 优秀诗人作品集）

蛙鸣声缠住我的脚步

一阵蛙鸣声，缠住我的脚步
莫不是又回到了从前——

黄昏，从乡村荷塘传来的蛙声
此起彼伏，悦耳动听
暮归的老牛驮着夕阳
童年的头枕着快乐的歌谣
依偎着母亲进入梦乡……

忽然，一声声汽笛呼啸而过
淹没了蛙声
汽车的轮胎擦去儿时的记忆
失眠的霓虹灯呆呆望着
马路流淌着
长龙般躁动的车流

（原载于《安徽文学》2014—2016 优秀诗人作品集）

月亮里的故乡

一轮明月挂在天边，柔情似水
月亮里，我望见了久阔的故乡

河流如练，芦苇摇曳
野鸭和白鹭在天空飞旋
村口那株大槐树，苍古成
一尊老寿星
疙瘩庙明明灭灭的香火
承载着一方农人古朴的祈愿

还是那样亲切
父亲与黄狗在田垄种瓜点豆
母亲与花猫在炕头缝纫补缀
一群光不溜秋的孩子在池塘
追逐戏水
鞭炮声中，谁家的女子出嫁
成了新娘

还是那样熟悉
犁耙翻开新土的味道
镰刀收割麦浪的激情
柿子红透天边的风景
塬坡上，觅草的羊群蹿进白云
一支竹笛，吹落半天彩霞

炊烟袅袅的村庄，传来
几声鸡鸣狗吠……

（原载于《绿风》2023 年第 2 期）

庭院里那一树玉兰花

——献给岳母宋玉兰

把对亲人的眷恋装满行囊
跪别故土张掖的半城佛塔
青纱头巾飘起，身后西风黄沙
马铃摇碎三千里云月
与那个他，沿文成公主走过的路
来到长安老城的脚下

不再轻歌曼舞，不再对镜贴花
挽起长袖，把眼泪融入泥土
把天地圈进一方篱垣茅屋
一盆炉火，将冬天的冰雪
慢慢融化
一针一线，缝织出一个个
色彩斑斓的绮梦

每天，你叫醒公鸡
把阳光、彩云呼唤进院子
抡起的棒槌，又把自己连同影子
一点一点砸进岁月的年轮
你撑开翅膀一样的大伞，为家人
遮风挡雨
你拨亮的油灯，照耀着儿女一生
前行的旅途

你身影过后，庭院里
那一树玉兰花依然挺拔

2018 年 6 月

（原载于《新丝路》2018 年 8 月）

昨夜我梦见了你

昨夜，一场幽梦
你依然是十九岁的模样
一身戎装，英姿勃发

还记得与你离别前的那个夜晚
我俩用土酒灌醉了月亮
你什么也没带走
只留下那张一身戎装的照片

那年，你寄回来一张贺年卡
画面上是茫茫的大海
一叶小舟漂向远方
太阳从海的尽头冉冉升起
水光与霞光相融潋滟

后来，再也没有了你的回信
你的战友说，你去得很远
在一个出彩虹的地方驻守

多少年了，想你的时候
我就与那张照片喃喃细语

（原载于《新丝路》2018 年 8 月）

老戏楼

像打开的窗，把天地人间
投影在一方台上
光怪陆离，摇旗呐喊
一幕又一幕拍案惊奇
锵锵锣鼓敲打老腔旧调
生旦净丑哭了笑了
看每个人变成须臾过客

春去秋来，在白天与黑夜的
翻转中往复轮回
时间是慷慨的，为每个人
记一本账，与你
一起快乐或者悲伤
一起富贵或者赎罪

（原载于《视界观》2020 年 2 月上半月刊）

中学母校

曾经，想象着你就像天上
幽邃奇幻的月宫
骄傲的他们让人心生嫉妒
而我，在外面一再偷窥

飞鸽报喜，我终于跨进
你高耸厚重的大门
在每每颤动心房的上下课铃声中
我们一起听课，论辩，考试
去球场竞技，柳荫下吟诵
一窗风雨，一段锦瑟华年

后来，你是我珍藏的一摞相册
有父母一样的老师
有毕业季田地上的劳作实践
有文艺演出的曼妙歌舞

有同桌的她，飘飘长发下一对
迷人的酒窝

现在，你藏在我珍贵的记忆中
无论我身在何处
都会自豪地说：我是你的学生

做棺材的木匠

用一生的敬意
解读一棵树的志向
用一块木头沉静的意义
抚慰一个不再骚动的灵魂

他像木头一样诚实
懂得使用棺材的有高官富豪
也有平民穷人
而他如同用给自己一样
把每一口棺材都做成贡品

后来，土葬的风俗改成火葬
绿树覆没了坟丘
寄托一个信赖的日子
焚一炉香，木匠

为自己重新制作了一个
精美的骨灰盒

再后来，木匠不行了
他死之后，儿子把他的骨灰
一半撒进村前静静的河流
一半埋入村后塬上的果林
儿子说，这是父亲最后的嘱咐

看一场今年落下的雪

风吹着口哨，追寻着
塬畔上的蜡梅
雪泥里的鸿爪
一群流着鼻涕打雪仗的孩子
误了回家

雪是有记忆的
记得老屋里被一盆炉火烤红的脸庞
母亲盛上热气飘香的饺子
听父亲述说祖辈迁徙拓荒的艰辛
充满浪漫和希望的季节
拴在枣树枝上的红头绳在飘荡
也拴住一个
少男少女两双手用雪堆起的故事……

山坡上
我看见一场今年落下的雪

（原载于《视界观》2020 年 2 月上半月刊）

春风里

春风醉了，彩云就做梦
土地醒了，河流就发胖
只有那一树梅花，欲说还休

早春二月

布谷鸟在天空啼鸣
山涧残雪消融，一道道春水
波光明亮

植物的种子破土而出
小草小心翼翼返青
麦苗也在犹豫中挺起身子
山坡上的牛，偶尔一声
礼仪般地向冬天道别

春风荡漾，白云作画
敞开心扉的樱花，盈盈芬芬
小狗在草坪上追逐
花朵一样的孩子
用手中的纸鸢
把喜悦放飞得更高更远……

第三辑 阳光做伴好追风

趁着阳光还好

把欲望枷锁套在脖子上
我一直行走。路旁
真实而又迷幻的风景
奔跑的兔子，摇曳的野花
树上蹿动的长尾巴松鼠

与一块石头投缘，坐下来对话
让清澈的风，穿过五脏六腑
一起探究——
一座山峰亘古的奥秘
一团云聚散的思想，抑或
一条河流流淌的生命和信仰

趁着阳光还好
把疲惫的肉体连同灵魂

洗刷晾晒。扶起酩酊烂醉
的杯盏，带上死心塌地的影子
吟诗远方……

钓一条会飞的鱼

顺着一枚落叶的茎脉，也许
能闻到相伴而生花朵的馨香

面向天空划过的流星祈祷，也许
能唤醒一块石头的记忆

流沙过后，可能掩埋了一个真相
也可能把一个真相重新揭开

不是所有的人只为一盘海鲜
离水三尺，钓一条会飞的鱼

（原载于《绿风》2021 年第 5 期）

约唐寅一起看桃花

三月的花魁，一定是桃花
“桃之夭夭，灼灼其华”

蜂飞蝶舞中，最是你的
诱惑，怀春的女子
顾盼生姿，风情万种

约上唐寅一起看桃花
饮一壶陈酿，同吟《桃花庵歌》
酒醒，花前坐
酒醉，花下眠

胡杨礼赞

经历雷电诵经风沙洗礼
穿越孤独苦难的隧道
携一身星云修炼
华盖般的树冠摇碎一河金光
你忠实地守望着荒漠的戈壁
放飞蝴蝶般绚丽的叶子
黄透了那一抹远秋的天边

一千年过去
只留下一怀永不泯灭的眷恋
蓝天白云下的羊群
黄沙大漠中的驼队
长河落日里的孤烟
风中飘过马头琴的悲壮和凄婉……

谁说有老有死

扼住时间再凝滞一千年
哪怕是片叶零落残躯断臂
或者一蓬枯干横枝
你依然使人勾魂摄魄
笑傲天空乱云飞渡

即使你最后倒下
完全被风沙埋掉
还是以栩栩如生的姿势
冬眠

（原载于《安徽文学》2014—2016 优秀诗人作品集）

花山谜窟

徽州的花山谜窟
仿佛是时间老人翻转出的
梦幻世界
是古人的宫殿，仓储，采石场
还是避难的场所？
一个个诡异多奇的问号
叠加成千古之谜

这绝非是大自然的鬼斧神工
或许并不神秘
只是一群工匠的随心所欲
撒下一把诱惑
让后来者觅谜探索的脚步
永无止息

（原载于《安徽文学》2014—2016 优秀诗人作品集）

北方袭来一场倒春寒

脚步拖着你疲惫的身躯
熬过漫长的寒冬
以为一江春水会随波泛暖
当蜜蜂欣喜地飞上枝梢
以为桃花一定嫣然绽放
然而北方袭来一场倒春寒
残雪难以消融

原来，虔诚的祈愿
并不能改变流星雨飞落的方向
夸父逐日也不只是床头催眠的故事
一个嗜酒解愁的醉汉
用一把竹篮，反复打捞
一池浮云

（原载于《安徽文学》2014—2016 优秀诗人作品集）

远方的诗

——致李燕

风从天边吹过，摇荡起
碧波盈盈的一湖秋水
细雨蒙蒙。你从唐诗宋词中走来

如梦如幻，惊鸿一瞥
炫动了一方靓丽的风景

落羽桥旁，不用叫醒
枕舟而眠的船夫
把诗画般的光影与色彩收纳起来
背好行囊，远方更远
江南水乡的荷花正香

2017 年 9 月于武汉东湖

丽江古城

老天爷在明朗的阳光里
下了阵喷嚏雨，旋即
风又把花香洒满天街

我穿行在宋元余韵的街市里巷
聆听古老的纳西丝竹，解读
神秘的东巴神符
走进气象万千的木府
寻访它的前世今生，感触
那玉水精魂的雪域灵气
然后，融入四方街的喧嚣
品味异域美食

夜幕降临在石桥河畔
渴望邂逅一场艳遇
抑或，在魅惑张扬的酒吧
彻夜狂欢

2017 年 10 月于丽江

（原载于《新丝路》2018 年 8 月）

束河镇的午后

沿着斑驳的五花石路
巡游古街、拱桥、楼阁
八百年前茶马互市的喧嚣
早已风干成记忆的碎片
温存的阳光，弥散着
花草的馨香

面向河岸，择一方
幽静的庭院落座
沏一壶红茶，在长椅上
与那只慵懒的猫
陪伴闲适而柔软的时光

用目光随意翻阅一段历史
听一首吉他歌谣
心随蔓藤爬上轩檐

看蝴蝶飞去，拿起手机
给远方拨通电话……

此时，风从雪山刮过来
一阵阵凉爽
蓝天更蓝，白云更白

2017 年 10 月于丽江束河古镇

半坡牧歌

——西安半坡遗址记

时间湮没了历史
而你还在。浐河东岸
六千年前，一座母亲的
王国

在这片天空之下
人们没有高低贵贱之分
女酋长和女人们一起主事
农桑、采摘与纺织
男人们狩猎、捕鱼或制陶
耕而食，织而衣
日出而作，日落而息

跨过护卫村落的大围沟
我分明看到了——

面南而居的半地穴式房子
散乱的石斧、石锛、石铲、石镰、石磨盘
骨刀、骨锥、骨鱼叉、骨鱼钩
猎获的斑鹿、獐、狸还在滴血
垂挂的鱼被风吹干

爱美的母亲，戴上蚌饰项链和手环
用精灵的骨针缝缀兽皮与织物
智慧的工匠，用彩陶承载生活
用游鱼、驰马、人面的绘饰飞扬思想
陶罐盛满古粟，火盆尚存灰烬
陶甑蒸成了干饭

村落中央的广场上燃起篝火
在巫师的主持下敬拜苍天，感谢
阳光和雨水，祈祷丰产与平安
而东北树林深处的公墓，去世的
族人，祭礼之后，入土为安

村口，我问那位汲水的半坡姑娘
人面鱼纹盆里究竟藏着怎样的秘密
可她，低眉垂眼，缄口不答

寻找苏武

一群蜜蜂，抖落风尘仆仆的疲乏
奔赴飘荡着油菜花芬芳的漆水河畔
苍松翠柏掩隐的那丘古冢
是否还有汉时的月色，以及
大漠寒野的风音

苏武没有在这里
他还流徙在匈奴的北海
靠挖掘野鼠洞穴里的草籽充饥
须发白了，旌节的旄穗落了
他依然持节牧羊，心系使命
从骨子里长出来的气节
不会屈服。因为，他放牧的公羊
还没有生下羊羔……

古冢前那个叫苏武的人
持节牧羊，伫立于天地之间
大山和流水向游人叙述着
他的故事

一个影子在天边流浪

列车抛弃了村庄和一座座大山
一个影子在天边流浪
无意中，那双渎职的眸子
泄露了萎靡的心事

翻过山的脊梁
云彩被风吹散
孤鸿凄厉的啼叫声
撕破天空的寂静
卧牛反刍着过往的时光
狼与狗还没有学会宽容

花期过后，枝丫上只剩下
血色的毒刺，落叶带着叹息
飘摇向远方
渐渐地，雾霾吞噬了地平线

整个天空迷失了方向……

也许，明天清早
一场大雪将纷沓而至

蜕变的季节

狡黠的寒风藏匿在夜色长巷
等我走出理发店便偷袭而来
除夕的钟声还未敲响
去年春节的噩梦就重新上演——

躯体在冰窖与炉火里轮番测试
不停地咳嗽，胃里在翻江倒海
铁锥一遍又一遍刺穿头颅
肋骨被一块块拆卸……

重新审视这个蜕变的季节
披月逐日的风火轮需要歇歇
把《本草纲目》里的野生茶煮了再煮
为身心做一场通透的洗礼

还好，爬上窗户的阳光
已经变成小鸟在蹦蹦跳跳

2019 年 2 月 8 日

一湖秋色

看似一湖秋色，静若处子
其实暗流涌动，竟然
承受不起一枚石子的坠落

学鸵鸟把头埋进沙里
一句梦呓出卖了自己
那张精灵古怪的网
囚禁了白天和黑夜
一个失魂落魄的人在苦苦挣扎

蹲下身来
掬一捧湖水与自己亲吻
却发现找不到自己的脸

（原载于《绿风》2020 年第 4 期）

高　度

风一遍遍鼓荡着海面
跳过龙门的鱼，回头藐视
大浪卷起的高度
在梦里踏进那座海市蜃楼

借一股汹涌的潮水
骑在浪尖上
再秀出几个漂亮的姿势
在沙滩上手舞足蹈

你不幸被人捕获
卸去鳞甲，涂上盐
高高地垂挂在屋檐下眺望大海
那一双眼睛，更不会眨了

（原载于《绿风》2020 年第 4 期）

被风吹乱的日子

被风吹乱的日子里
随从的影子也心猿意马
纤纤风雅的文竹，放浪成
一团乱云
疯长的海棠，把结朵开花
遗忘得一干二净

世界越来越小
城市的欲望迅速膨胀
匆匆穿行在钢铁水泥丛林里的人们
如蝼蚁四处出击
把一片片哀怨情愁抛向身后
也许，一段音乐能舒展紧锁的眉头
一本书能松解板结的心灵
至于前行路上迷惑的三岔口
除了运气，信念也许能拯救
一个人的世界

把烦嚣迷惘的白昼打包摞起
点亮星光，解读
黑夜的宁静与幽远

（原载于《绿风》2023 年第 2 期）

宴　请

这年头，请客吃饭
蔚然成一道风景
宴席之上——
到来的人被奉为神仙
被捧到天花板的高度
未到的人有意无意
让闲置的座椅空留遗憾
只有主人清楚自己的心思
千言万语斟满酒杯，热衷于
一场欢然沉醉
揣度有些不合时宜
想见的和不想见的，逢场作戏
或者是一场酒逢知己
或者是一场鸿门大宴

阳光轻轻推开一扇窗户

阳光轻轻推开一扇窗户
护城河掀开夜的帷幕
一场黎明雨清洗后的天空
轻盈的燕雀上下飞舞

晨起的人愈聚愈多
遛鸟，跑步，舞剑，吟诵
一曲《高山流水》，一段太极云手
撩散了丝丝桂香
又不知是哪一声蝉鸣
鼓动起满城的车水马龙

昨日法庭上那场唇枪舌剑
已经封卷
新的一天，从头开始

周至水街[1]

一座大桥忍受着夏日炙灼
沙沙河从桥下轻轻淌过
浅底可触的水面上
一个精明人置起一排桌椅
猎奇的人们便脚泡水里
与茶杯酒盏谈天说地

蜿蜒宽阔的水面铺开蓝天白云
水街两岸一幅幅多彩多姿的画卷
垂柳，店铺，楼阁，饮食，游艺
迷乱往来游人的脚步
斜竹亭栏，一对伴侣喜欢上
散枝吐香的白玉堂
水榭藤椅，扎小辫吐烟圈的瘦子
在向女士们高谈阔论

① 周至水街：在陕西省周至县城南。

香蒲丛中划出一舟欢笑
几只飞鸟，掠过水面飞向远方

一弯上弦月悬在半空
水中央的画舫亮起了红灯笼
亲爱的，你会来吗？

张　骞

一双手，庄严地接过
帝王授权的符节，转身
一路西行

使命在肩，去往邈远的西域
寻求那些陌生的部族，联合抗击
匈奴，疗除汉帝国积久的心病

记下断垣残壁，崇山峻岭
呼啸的西风和彪悍胡骑的杀戮
记下戈壁荒漠，阳光炽烈
铺天盖地的黄沙和似有若无的
生还之路
记下西域的社会，诸国的地理
丰富的物产及奇异的风俗习惯
记下一次又一次被匈奴俘获囚困
而又死里逃生

十余年岁月，万余里长路
让这个“凿空”西域的人
促成汉帝国宏图大梦的实现
当马队、驼铃的声响
从长安城向西，穿过河西走廊
连通到地中海的沿岸
“丝绸之路”，闻名天下……

两千年来，人们记住了——
探险家博望侯张骞
向导兼翻译的匈奴人堂邑父
那个穿着胡服爱着张骞生死相随
却没有留下名字的女子

走近马栏[1]

不惊扰路旁的鸟语蝉鸣
不追寻古远的秦直道车马风尘
不探究丹霞峭壁上神秘的石窟
只为轻轻地走近你，一段
你的河流，你的山川

走近你，追溯曾经的光影，昏暗的
天空下，被叫醒的土地和一双双凹陷
发亮的眼睛
走近你，听你压抑得不能呼吸的胸膛
热血沸腾，从黑暗和死亡的悲泣中
发出呐喊
走近你，看革命家与一群志同道合的
人，怀揣信仰，提一豆油灯照亮黑夜

① 马栏：此诗主要指马栏革命旧址，位于陕西省旬邑县马栏镇，全国爱国主义教育基地。

卷起野火春风
走近你，怀想纺车摇落的星光，炮火
炸裂的日子，山沟草堂里送出的一批
又一批英才
走近你，感受山水悠长，草木情深
一个摇篮，一片根据地，一面绘入
江山红遍的旗帜

记住马栏这个火热的名字
记住这片山川上血与火的传奇
如果你记不住他们每个人的名字
就记住这群人用生命和血肉筑起的
这座石碑
顶天立地，春风化雨

五星红旗，向你敬礼

一面举世无双的旗
在苦难的土地上孕育
用无数先烈的鲜血染成
红得那样沉雄悲壮
左上方缀有一大四小共五颗五角星
象征中国共产党领导下的革命人民大团结
是用金子铸造在亿万人民的心底
黄得那样灿烂光明

世纪伟人毛泽东在天安门城头升起
五星红旗
宣告一个古老国度的新生
这里的人民从此站立起来
如巨龙腾飞横空傲世
九百六十多万平方公里的热土上
勤劳智慧勇敢的儿女

战天斗地，跨越雄关漫道
建设出一个繁荣强盛的国家

五星红旗高高飘扬
把世界的目光聚焦在东方中国
可上九天揽月，可下五洋捉鳖
黄皮肤的中国人创造了一个又一个
人间奇迹
而今，“一带一路”从这里出发
带着中国梦的大爱
与地球人同呼吸共命运
去往海角天涯

五星红旗，神圣的旗帜
每天，你与太阳一同升起
我站立，高唱《义勇军进行曲》
向你敬礼

白鹿原上，
一个缔造葡萄传奇的人

——致白鹿原葡萄主题公园创始人郭缠俊

白鹿原上，是你
黎明，挖出慵懒的太阳
深夜，熬尽疲惫的星光

农民的儿子
是从土地里长出来的
带着泥巴，带着草香，带着
春华秋实，带着新时代的期望

一排排阳光长棚，一架架
攀缘扯蔓的葡萄
夏黑、美人指、户太八号、里扎马特……
那是自己的孩子在成长

把挫折失败的沮丧和叹息
丢给身后秋风，向着十五的明月
礼敬神灵
汗水渗透了果园
胸膛焐热了土地
那只灵性的白鹿从梦中跑过
金色的阳光洒满原野
一望无边的葡萄公园
是你把感恩回报给这方乡亲

葡萄熟了的季节
到处是喜悦的笑脸
源源不断的果盒快件
带着你的幸福和传说
飞向天南地北，五湖四海……

雨　后

雨后，河面风平浪静
水珠在蓬蓬翠绿上闪烁欲滴
掬一捧粉红色的绣线菊
心情如风筝飞上晴朗的天空

几朵白云缓缓飘动
一曲恋歌柔情蜜意
芦竹水岸，一位丰腴的男人
把一位女神几番优雅地装进相机
蹲在不远处的孩童，沉迷于
一队红头蚂蚁赳赳出征

一串啼鸣，两只长尾鹊
从树林中飞出，花间
又迎来一只只狂蜂浪蝶

小雪节

又是三日。萧瑟北风
像疯子一样呼啸、蹿腾
流感的季节，阴雨的城市
一直静默

或许是收到子夜通知，太阳
从晨云中跃出
喜出望外的人们
冲出楼宇街巷

街道上车轮歌唱，丛林中
恋鸟蜜语，多愁善感的落叶
给世界涂鸦些金黄或者殷红
冬天不冷

今日小雪节，无雪
有和煦的风，有温暖的阳光
有河面上水鸭戏娱的波光涟漪……

2022 年 11 月 22 日小雪节

三月汉中

走进汉中，就徜徉在
油菜花的海洋
耀眼夺目的金黄，簇拥着
绵延的青山，广袤的田野
及白墙红瓦的村庄
沐一身和畅的阳光与轻软的风
在沁透肺腑的芬芳之中
同神仙一道，乐不思归

在汉中，还应该
去洋州，一睹东方宝石朱鹮的
绝美风姿
去城固，解读两千年前张骞
开辟闻名于世的丝绸之路
去定军山下，寻访神机妙算的
诸葛武侯，感受风云激荡的往古岁月

去汉江堤岸，看燕舞白云碧波间
人行烟花桃红中，感受两岸
新生活的欢欣与律动

三月，妩媚的汉中
你可以带走，但一不留神
就会把心落下

古旱莲

武侯祠静穆得一如既往
墙外的风，连同三月的油菜花香
不便造访
只有侧院那棵古旱莲
在声声鸟鸣中盎然绽放

莲花长出旱地，长成四丈余高
长成世界的唯一
花骨朵孕育十个月，先开花后发芽
四百年孤守诸葛武侯的祠堂
冰清玉洁，宁静淡泊中
明志致远

汉中人选举它为“市花”
爱戴升华成了骄傲

它还有个名字叫“女人花”
如果你想一睹它的华容
记住每年三月八日前后
花期，半个月

骆家坝古镇

追着斜阳，在巴山腹地
牧马河的源头，与你约会

阡陌田垄，溪水山坡
层叠如画的茶园，摄人心魄的绿
下凡人间的仙女，用纤手和背篓
赶着收获谷雨前的春天

沿着卵石砌筑的堤岸，览胜
一河光影微澜，白鹅游弋
于香火绵延的三圣宫，那尊
参天合抱的古麻柳，可以证明
人们的信仰与虔诚
凭栏茶马渡桥，漫步明清古街
任由你放飞思绪，体味
流水岁月里的烟火情韵

夜半惊军的故事已经珠残玉碎
牧马河的涛声经年不息

又一个山村之夜
黑色天幕上宝石一样的星斗
很远，又很近

下　编

第四辑　且把冰心朝雪映

无 题

日月春来日月秋，
峰争五岳水低流。
男儿若怠青云志，
空候白头比蛞蝼[1]。

1978 年秋

---

① 蛞蝼（kuò lóu）：古书上指蝼蛄。蝼蛄，昆虫，生活在泥土中，昼伏夜出，吃农作物嫩茎，通称蝲蝲蛄。

淫雨初霁

淫雨欲歇云不开，
空花三月满青苔。
鹊声惊醒无聊梦，
一道霞光入眼来。

飞　雪

似仙天外客，
偏恋世间情。
玉舞终为水，
重生百谷中。

题咏四君子

梅

红英点点暗香怀，
俏立枝头独自开。
且把冰心朝雪映，
东风破晓报春来。

兰

青出绿草妙兰生，
蕙性美人君子名。
留与乾坤清气在，
一枝一叶总关情。

竹

历数百折霜雨痕，
高节磊落向青云。
清风明月婆娑影，
不为他香易素心。

菊

菊开九月草花零，
凝露含霜百媚生。
无意自夸姿色好，
醉拥金蕊笑秋风。

老村纪事九首

一、果　园

百亩果园结百果，
繁花四季影婆娑。
仙桃香艳羡十里，
又有甜言两卖婆[①]。

二、泉　池

一池泉水嵌村边，
日引月长清洌甘。
户户担挑人畜饮，
远流汩汩灌禾田。

① 甜言两卖婆：指村里周家和来家两位能说会道吆卖桃子的婆婆。

三、苇　塘

索索青纱若帐帷，
穗花似雪乱菲菲。
一声口哨谁吹响，
惊起群群野鹜飞。

四、捕　鱼

蒲蒿村外小河湾，
伙伴赤膊逐水间。
捕桶鱼虾锅里煮，
唤来邻舍共尝鲜。

五、晚　歌

天边霞彩映残阳，
倦鸟归巢各自忙。
一曲竹笛悠入耳，
随歌二小放牛郎。

六、五　爷[1]

夏晚蛙鸣星月光，
老槐树下好乘凉。
五爷坐凳轻摇扇，
说罢三国唱李唐。

七、古　会

古会年年三月三，
疙瘩庙里祭神仙。
秧歌锣鼓高跷舞，
老戏秦腔吼破天。

八、老　屋

短壁木屋鸡犬嚷，
一盘石磨碾时光。
春来门外古榆绿，
秋后庭间玉米黄。

① 五爷：村里姓魏的长者，广有见识，多有才艺，村人尊称其为“五爷”。

九、媒　婆

寒冬腊月雪弥窗，
热炕盈盘酒菜香。
媒妁舌簧儿女事，
一根红线缚鸳鸯。

忆秦娥·痛失选宾兄（用李白词韵）

同年生堂兄选宾，一月应征入伍，不幸殉职，噩耗传来，痛彻心扉，长夜难寐。

悲中咽，
扶窗泪眼长空月。
长空月。
华容难易，
死生难别。

年年从此白花节，
渭川古道音尘绝。
音尘绝。
白云望断，
梦冲陵阙。

1977 年 12 月 16 日，1978 年 12 月改

秋 思

谁奏边关曲，
重山复水长。
秋思难入梦，
钩月亦孤凉。

江城子·喜报

盼来金榜[1]冠金名，
血潮涌，
泪飞虹。
多少煎熬，
总算化春风。
人自有心天自晓，
高举酒，
谢苍穹。

明知学业苦为僧，
况贫穷，
路难行。
万里云霄，
放眼看雄鹰。

① 金榜：指大学录取通知书。

且把青春织锦绣，
酬宿志，
慰平生。

1980 年 10 月 19 日

谢诸君

大学入学，诸友惠贺，赋诗鸣谢。

数载相携风雨舟，
江流漫漫意难酬。
惟当不忘青霄志，
猎猎云帆向彼洲。

附：耿万乾友赠诗

送友人

庚申菊月，知悉余友赴西安自费攻读大学学业将行，实为幸事，夜不能寐，明烛遣毫，感而赠之。

解缆巨涛风云日，挂帆艰辛岁月行。
寒冰无奈金石愿，长河彼岸望将星。

渭河岸望秋二首

秋日晚照，与耿万乾友登岸望远，感慨油然而生。

其一

苍茫云水映斜阳，
孤远烟村雁两行。
日夜涛声流不尽，
几多收获问秋光。

其二

波涛翻滚东流去，
独木飘摇零落花。
纵使前头身作死，
劈风斩浪向天涯。

谢池春·悼郝忠义友

大学窗友（同桌）郝忠义，西安市长安区人，学业未竟猝然病逝，是日归葬故园毕。夜来轸念殊深，赋词一首。

寒月残风，
冷落寥寥星宿。
杜陵原，新坟旧土。
一怀宏愿，
仰天无能诉。
永离别，断魂销处。

人生不易，
祸患恫瘝[1]无数。
幸存人，青春作赌。

① 恫瘝（tōng guān）：病痛，疾苦。

修成学业，
造英才文武。
路迢迢，百年怀故。

1981 年 12 月 18 日夜于西安纬十街 31 街坊住所

偶　感

雨过天高秋愈深，
清风向晚最宜人。
依稀遥望炊烟处，
又念家山一片心。

巴基斯坦电影《人世间》观感

善恶是非人世间，
忠肝义胆盖云天。
雄才辩释迷离罪，
豪气解消猜忌嫌。
有爱有恩情似海，
无私无畏法如山。
他时冠冕庭堂上，
志在清涤窦女冤①。

---

① 窦女冤：即窦娥冤。《窦娥冤》是元代戏曲家关汉卿的杂剧代表作，也是中国著名悲剧之一。此剧讲述窦娥婚后丈夫去世，与婆婆相依为命。流氓张驴儿企图霸占窦娥，见她不从便想毒死婆婆以要挟窦娥，不料误毙自己父亲。张驴儿诬告窦娥杀人，官府严刑逼供并判窦娥斩刑。临刑之时，窦娥指天为誓，死后血溅白练、六月飞雪、大旱三年，以明己冤，后来果然应验。三年后，窦娥父亲窦天章科场中第荣任高官，重审此案，终为窦娥申冤。

二十四节气即景之
立春意兴

一年呈四季，
节令有分明。
首自春开立，
先当物起萌。
云舒风意暖，
日照气温升。
盎盎生机起，
能为百事兴。

咏春二首

其一

总怨春来不作声，
田园一夜嫩盈盈。
风摇垂柳条条绿，
雨落桃花点点红。

其二

一河碧水千波荡，
两岸和风百草香。
轻翠红楼邻比处，
衔泥新燕筑巢忙。

踏莎行·游春

蛰起风和，
春来日暖。
喜闻莺燕声声唤。
寒丝轻雨偶沾衣，
杏白柳绿飞红乱。

簇簇游人，
双双侣伴。
桃花香处农家宴。
田畴流彩锦如织，
春光欲寄愁难剪。

（原载于《陕西诗词界》2016 年第 1 期）

咏 荷

亭亭出水秀轻盈，
玉露碧盘拥艳红。
谁比寡心洁自好，
馨香淡许入清风。

咏海棠

楚楚清淑嫣笑深，
春风着意最销魂。
天生不吝胭脂色，
撩乱霓云痴丽人。

二十四节气即景之雨水淡墨图

东风吹四野，
细雨落无声。
竹淡新溪隐，
梅疏宿雪融。
偶来三舞燕，
时去两流莺。
渺渺寒烟里，
寥寥草色青。

十六字令四首

其一

春。
谁引东风入户门。
窗前柳，
一夜绿三分。

其二

春。
遍野葱葱水岸殷。
红裙舞，
流韵俏佳人。

其三

秋。
天道酬勤谷囤流。
秦腔吼，
村寨庆丰收。

其四

秋。
万类霜天竞自由。
飞黄叶，
笑傲看菊头。

（原载于《陕西诗词界》2016 年第 3 期）

咏梨花

纤尘不染素妆颜，
玉雪冷香涵静娴。
一笑嫣然轻带雨，
谁人相见亦犹怜。

咏牡丹

蕴华凝露沐春风，
仪态万千天作容。
偷揽女皇一媚笑[①]，
花开富贵冠王名。

---

① 偷揽女皇一媚笑：此句出自一典故。传说女皇武则天酷爱牡丹，并将牡丹命为国花。

蝶恋花·夜梦选宾兄

异草菲菲人荟萃。
忽现郎君，
英气戎装睿。
破涕相拥多叹喟，
秋风几度难相会。

儿趣旧欢说娓娓。
蓬户柴门，
鸡犬相和瑞。
只怨匆匆疏梦碎，
空窗一枕伤心泪。

二十四节气即景之惊蛰行野

阳和知九尽，
湖静水波清。
田陌千层绿，
山坡万点红。
鸟飞穿碧树，
雷响振蛰虫。
快乐耕锄女，
轻歌向晚风。

卜算子·牡丹与仙子

洛阳王城公园，牡丹盛开，塑立的牡丹仙子绰约动人，游人多在此拍照留念。

国色牡丹开，
旖旎倾城艳。
仙子飘然玉立中，
云鬓丰姿曼。

妩媚不相分，
情已随心乱。
倚汝罗衣且捧它，
影倩香留远。

（原载于《陕西诗词界》2016 年第 3 期）

忆江南·月夜

星几点，
落寞远天边。
空照万山秦岭月，
一帘幽梦断疏残。
相会是何年？

第五辑　雨涤竹绿读云水

咏 竹

无论寒山与院庭，
抱节直上探云星。
横枝潇洒倾真意，
疏影风流不隐情。
娟楚虚怀烟雨外，
翠筠劲骨雪霜中。
悠然赏爱好为伴，
满袖清风一品茗。

（原载于《陕西诗词界》2016 年第 1 期，获 2015 年陕西省首届职工文学网络征文大赛优秀奖）

山　峰

雄奇出造化，
日月蓄精魂。
安自孤怀耸，
八方笑乱云。

过浐河桃花潭

雨后水天空色远，
蛙鸣芦荡燕斜飞。
刚刚一抹红霞现，
两岸酒家忙起炊。

诉衷情·灞上学友重逢

重逢又是柳丝长，
滋水绕阁廊。
乡音旧貌如梦，
执手笑沧桑。

十载久，
诉衷肠，
放情狂。
老歌熟舞，
酒满襟衫，
月满西窗。

二十四节气即景之
春分踏青

梁燕啁啾早，
春明好踏青。
欣欣杨柳岸，
款款杏桃风。
才见芳姿舞，
又闻欢语声。
黄花香野垄，
纸鹞抵云空。

游青木川[①]

重岭一隅三省中，
羌州名镇厚遗风。
高斋华栋霸王气，
洋场烟花梦幻空。
飞凤廊桥皆纪事，
金溪流水总含情。
茗轩酒肆游人处，
一代枭雄褒贬评。

---

① 青木川：位于陕西省汉中市宁强县西北角，地处陕、甘、川三省交界处，自古为兵家必争之地，商贾云集之边贸重镇。古镇因名人魏辅唐和古建筑而声名远播，现为中国历史文化名镇。

怀唐占营友

缘结同舍事园丁，
渭水三秋一世情。
勤勉学经倾壮志，
尊崇师道奉丹诚。
恭良坦坦正人气，
仁义昭昭君子风。
岂料天公错将唤，
空留云路祭英灵。

十月杂兴三首

2003 年 10 月，于家卧床疗疾，随感而赋。

一、病榻情愫

半月如年囚室屏，
爱妻床侧尽柔情。
但凭高枕书香里，
听惯敲帘秋雨声。

二、读《三国演义》

风云叱咤运筹间，
铁马金戈定宇寰。
雄著恢宏王寇事，
后人千载论忠奸。

三、讼辩若悟

回眸讼辩二十年，
经纬分拨解倒悬。
若问输赢忧喜事，
玄缘善孽两难全。

长相思·回乡

水一方，
土一方，
烟柳飞花谷米香。
藤萝掩老窗。

你话长，
我话长，
纵饮当年少牧郎。
夜阑斜月凉。

（原载于《陕西诗词界》2016年第1期）

祭　父

黄叶飘零渭水寒，
难留慈父弃尘寰。
忠诚处世清平乐，
勤俭持家荼苦甜。
淡淡欲求轻若羽，
拳拳恩爱重如山。
妙厨[1]从此丹丘[2]上，
承训遗风代代传。

2005 年 11 月

① 妙厨：父亲生前厨艺精湛，誉满乡里。
② 丹丘：传说中神仙所居之地。

二十四节气即景之
清明上陵园

清明魂欲断，
碧草向天边。
雨润梨花素，
春伤柳叶寒。
车龙接紫陌，
子嗣聚陵园。
祭祀新风尚，
鲜花换纸钱。

少华山

隐于秦岭自雄奇，
山嶂层叠翠映曦。
百丈石门吞广宇，
三尺隘堡锁天梯。
平湖落日鱼无语，
柳谷生烟莺竞啼。
我欲卧云千盏醉，
桃花春水浴朝夕。

（原载于《陕西诗词界》2016 年第 3 期）

学友会感怀

2012 年 9 月 22 日，大学同班学友自四面八方相聚西安浐河畔半坡湖度假村，欢庆毕业三十周年，欣然赋诗。

柳岸烟霞远，
时菊秀色香。
复逢桑梓地，
犹念育学坊。
才志锤功业，
风骚谱锦章。
流年斟玉盏，
浐水映天长。

水调歌头·登华山

一跃绝峰顶[①]，
极目览群山。
鸿濛云海万象，
无可辨坤乾。
风啸苍龙岭上，
雾锁长空栈道，
雁落[②]胆魂寒。
玉女[③]神姿秀，
晚照映岚烟。

日月久，
春秋短，
建功难。
二十九载雄辩，

① 一跃绝峰顶：这里指乘高空索道直接上华山峰顶。
② 雁落：指华山南峰中的落雁峰。
③ 玉女：指玉女峰，华山中峰也称玉女峰。

矫枉洗沉冤。
多少惊涛骇浪，
多少盛名尊显，
回首恍惚间。
华岳矗千古，
过客不消谈。

（原载于《陕西诗词界》2018 年第 6 期）

临江仙·送女儿

2012 年 9 月 28 日下午，偕夫人于咸阳国际机场送女儿赴法国留学，感怀而作。

凝望碧空云似雪，
银鹰万里穿飞。
他国异域不识谁。
天高尤志远，
娇女弃香闺。

借取春风终有度，
何来半点荒颓。
囊萤凿壁自鞭催。
征程人未至，
已念几时归。

二十四节气即景之
谷雨山行

三月行山客，
初晴霁雨天。
竹新风气冷，
花嫩露珠鲜。
松岭浮光影，
茶坡泛霭烟。
谷空啼杜宇，
石上煮春泉。

秋拜拉卜楞寺[①]

松山拥翠夏河愔，
古寺清香金顶云。
膜拜千折锤肉体，
诵经万遍净灵魂。
酥灯昭著慈悲性，
教法修行智慧根。
我愿苍生缘似海，
菩提觉悟度佛心。

① 拉卜楞寺：位于甘肃省甘南藏族自治州夏河县，建于清康熙四十九年（1710 年），为藏传佛教格鲁派六大寺院之一。1982 年被列入全国重点文物保护单位。

诉衷情·三十年讼场咏怀

浮生意气贯胸襟，
仗剑走昆仑。
是非爱恨因果，
讼辩释纷纭。

多少事，
重千钧，
了如尘。
寄情山水，
身在繁华，
心已归真。

怀郭义民[1]兄

先慕诗章后面君，
一朝对饮两知音。
花明湖榭评书翰，
云暗法堂澄乱真[2]。
赫赫中条歌义勇[3]，
茫茫人世诵情恩。
犹说灞水春秋事，
月下南窗无故人。

（原载于《秦风》2016 年第 2 期，《陕西诗词界》2016 年第 3 期）

① 郭义民：西安市灞桥区人，作家，有三人合著抗日纪实文学《立马中条》，散文集《茫茫世·茫茫人》《秋语南窗月》等。

② 云暗法堂澄乱真：郭义民先生曾聘笔者为代理律师于法院诉讼维权。

③ 中条：指山西中条山。

陕北行三首

一、临江仙·游清涧[①]笔架山

云淡天高晴万里，
原驰山舞迢迢。
清风阵阵野香撩。
绿林犹锦绣，
弥望尽妖娆。

英烈群雕彪史册，
丰碑直矗云霄。
江山代代血凝浇。
伟人词阕就[②]，
千载领风骚。

---

① 清涧：陕西省榆林市清涧县，革命老区。1936 年 2 月，中央工农民主政府和工农红军军委组织红军先锋队在清涧袁家沟村发表了著名的《东征宣言》，毛泽东在此亲率红军，强渡黄河，挥师东征，拉开了全民抗战之序幕。

② 伟人词阕就：指毛泽东在此写下著名词篇《沁园春·雪》。

二、渔歌子·路遥纪念馆观后感

黄土高原眷眷情，
平凡世界看人生。
酬壮志，
著恢宏。
长河耿耿耀明星。

三、生查子·榆林古城漫步

驼城[1]三月春，
日朗云天远。
不见古风沙，
处处新楼苑。

榆河荡碧波，
盛彩长亭岸。
人在画中游，
莺燕啼清婉。

（原载于《陕西诗词界》2016 年第 5 期）

① 驼城：陕西榆林古称驼城。

二十四节气即景之
立夏新光

时节循序转，
绿野易新光。
花上春方尽，
林间夏已当。
牡丹拥冶艳，
鸢尾散芬芳。
风热催聒鸟，
行人改短装。

洪庆山槐花诗会吟咏二首

其一

山路蜿蜒看画廊，
峰峦幽谷饰浓妆。
风吹雪浪横空卷，
满目槐花处处香。

其二

蝶舞莺飞争捧场，
诗台骚士放情狂。
清词丽赋金石诵，
撩乱山光云影长。

贺陈志学先生八十五寿辰

身直骨正俏辰翁，
抖袖墨池飞凤龙[①]。
情在闲云心不老，
崇冈仙鹤舞苍松。

① 凤龙：指陈老练习书法擅长仿毛泽东体。

长相思·流水幽情

滋水长，
浐水长，
相会一河向远洋。
谁分清与黄？

草牵肠，
柳牵肠，
依旧前年亭外廊。
人缺红杏旁。

差使鄜州[1]即事三首

其一

远赴鄜州公务催，
山沟工地复来回。
风沙吹过一身土，
日日星稀夜半归。

其二

差事告结方释怀，
斜阳城外自徘徊。
槐花隔岸满山雪，
阵阵暗香扑面来。

---

① 鄜（fū）州：现名富县，位于陕西省延安市。

其三

问风向晚上龟山，
宝塔巍峨刺破天。
一望城郭新气象，
风华千载水云间。

二十四节气即景之
小满广运潭

朝日风拂袖，
烟波广运潭。
石榴花似火，
萱草叶如兰。
幽径逐蝶舞，
深林竞鸟喧。
芦荻斜罨岸，
垂钓水中天。

吊古西夏王陵[1]

功赢李姓震疆寰，
称帝开邦启纪元。
雄踞东西千兆地，
鼎足南北百年天。
从来贪色招殃祸，
总是荒国受覆颠。
一瞬飞星陵几座，
风沙依旧贺兰山。

---

① 西夏王陵：位于宁夏回族自治区银川市西 30 公里贺兰山东麓。陵区内有 9 座帝陵及数百座陪葬墓，是中国现存规模最大的帝王陵园之一。西夏人的祖先党项人在唐初迁居陕北，唐末因其部首领拓跋思恭平黄巢起义有功，被唐帝赐李姓、封夏国公，从此世代相袭，割据于此，势力渐盛。公元 1038 年，李元昊在今银川称帝，国号“大夏”，史称“西夏”。西夏统辖东到陕、甘，西至玉门关地区。西夏前期和辽、北宋并立，后期与金朝并立。李元昊晚年暴横淫纵，强夺太子妻为后，后被太子挥刀削掉鼻子，血尽而亡，时年 46 岁。公元 1227 年，已经衰败没落的西夏被蒙古所灭。

赠书王博成友并题

最难沧海觅知音，
古有伯牙怨断琴[①]。
赠册贤书[②]答契友，
以期天下好诗文。

① 伯牙怨断琴：指春秋战国时，楚国人俞伯牙与樵夫钟子期以瑶琴相会成为知音，二人相约第二年同日相会，俞伯牙如约而至，不料钟子期劳疾而亡，俞伯牙痛惜不已，遂在其坟前垂泪碎琴以谢知音，后人以此传为佳话。

② 贤书：指《诗词格律概要　诗词格律十讲》（王力著）。

甘南行吟

2015年深秋，与夫人、女儿及众友人同游甘肃南部拉卜楞寺、若尔盖草原、尕海湖湿地保护区、郎木寺、九曲黄河第一弯等景区，作诗一首。

群山连亘矫鹰高，
塔院佛辉幡带飘。
水洗蓝天云卷雪，
羊疏绿地马涌潮。
鸟鱼尕海享天乐，
歌舞锅庄闹野宵。
郎木难撩神秘面，
黄河落日淌金涛。

致王磊先生

读王磊先生《华山行》，有感而作。

诗韵涵才气，
山川释愫怀。
寒烟一度去，
纵览万石开。

附：王磊先生原作

华山行（杂言古体新韵）

威面华山，如立天端。峰涌巨浪，尽吞云烟。险松吊绝壁，怪石半空悬。飞瀑瑶池落，苍龙匿林间。君不见豪杰唯西岳，他山皆可灭。三峰圣剑出，敢劈日和月。客自帝都长安来，立志异乡展雄才。途经宝地睹仙貌，千古一岳何须猜。功名愿，几时休。来日见，亦风流。只恐梦中多志业，登山谁问寒士愁。邀尔歌西岳，把酒共乐朱门羞。花飞鸟鸣蝶虫伴，深处仙灵与君游。明日何处去，青史美名留。

二十四节气即景之
芒种长安行

子规鸣婉转，
麦浪耀金光。
槐柳拥堤岸，
莲萍漫水塘。
西沟忽阵雨，
东岭又骄阳。
十万秦农地，
收割撒种忙。

致邹寅生友

望断红尘不静空，
评跋生死羽翎轻。
曾经沧海难为水，
满目河山依旧情。

满江红·纪念抗日战争胜利七十周年

惊梦卢沟，
烽火起，日贼入室。
烧杀抢，屠城掠地，
旷绝人世。
冷雨掩尸云断落，
残风浴血星凝窒。
看山河，破碎满疮痍，
无天日。

狂飙吼，旌旗赤；
杀敌寇，收桑梓。
万民齐抗战，雪除国耻。
百代巨邦革旧貌，
千秋圣土书新史。
大中华，发奋铸辉煌，
凌霄志。

菩萨蛮·贺王定一兄著《坎途·大道》问世

谁说“泥腿”无文采？
恢恢巨著招青睐。
翻覆闯江湖，
宽怀岁月殊。

红尘风物怪，
世事浮沧海。
且作弄潮经，
昭彰励后生。

菩萨蛮·劝谕

劝君莫道人情恶，
劝君莫论花无果。
绮梦本为空，
何来怨鸟鸣。

世情多诞妄，
流水皆无状。
纵目望斜阳，
江天万里长。

和程良宝先生

读程良宝先生《吟牛》诗，步其韵奉和。

生来无怨犟情殷，
不慕虚名一世勤。
有志能持天地事，
千秋疆土任耕耘。

附：程良宝先生原作

吟　牛

奋蹄拉套惜春殷，俯首无言迈步勤。
一世辛劳泥土事，老残安敢忘耕耘？

二十四节气即景之夏至闲情

夏至晴明日，
白云布碧空。
浓荫藏绿树，
浅水映红英。
家燕屋檐绕，
粉蝶庭院萦。
自知今夜短，
清梦伴蛙声。

朝中措·从业感怀（用欧阳修词韵）

东西南北任行空，
纷扰乱云中。
求个公平正义，
几多秋雨春风。

迷离万卷，
矫邪归正，
饮却千钟。
不负韶华似火，
别时尚慰耆翁。

2015 年 12 月

醉花阴·乙未大寒节蓝田汤峪沐汤泉

一夜啸风寒彻透，
寥落南山皱。
轻雪舞长空，
几处梅红，
亭柳重重瘦。

皇御汤泉蒸雾厚，
宾客浮游秀。
活色若神仙，
梦幻瑶池，
快意相消受。

第六辑　一怀情愫春秋远

清平乐·元旦[①]

三元一旦，
万象兴新幻。
甘苦悲欢流水叹，
放眼东风横贯。

铅华洗尽清白[②]，
梦圆日月情怀。
且驾祥云瑞彩，
勃发继往开来。

① 元旦：又称三元，即岁之元，月之元，时之元。
② 铅华洗尽清白：即洗尽铅华，这里指洗掉伪装世俗的外表。

师　颂

人生莫过拜学难，
混沌愚拙求朗然。
解惑启蒙增智慧，
传经授业育英贤。
一怀情愫春秋远，
两袖清风天地宽。
燃尽红烛融大爱，
芳菲桃李满人间。

（原载于《陕西诗词界》2016 年第 5 期）

喜庆岳母九十寿诞

人生九秩古来难，
一半德行一半天。
漫漫风华播善爱，
悠悠岁月种淑娴。
持家教子知足乐，
处世为人气量宽。
萱草忘忧天赐寿，
同堂四世享尊仙。

2016 年 1 月 24 日

卜算子·猴年新岁

飞雪贺佳节，
歌舞金猴闹。
比比桃符剪纸红，
早把春来报。

春色总相宜，
新岁更新貌。
正是中华奔梦时，
花火盈天爆。

二十四节气即景之 小暑赏荷

夕照行郊外，
葱葱陌上桑。
热风吹绿水，
阵雨过青岗。
竹掩新房舍，
藤攀故道廊。
池边垂柳下，
红袖弄荷香。

周宁纪行四首

2016年8月12日至15日，赴福建省周宁县参加《绿风》诗刊社、《安徽文学》杂志社、中共周宁县委宣传部主办的“全国鲤鱼溪杯情诗大奖赛”，获“实力诗人奖”，其间，与同获奖者一起采风，遂赋诗四首。

一、鲤鱼情韵

浦源[1]奇景鲤鱼溪，
鱼聚人声人敬鱼。
荷韵笙歌八百载，
人鱼情笃共生息。

① 浦源：指福建省周宁县浦源镇浦源村，为中国历史文化名村，国内唯一鲤鱼文化古村落，村中情趣独特的鲤鱼溪，人鱼同乐，闻名海内外。

二、郑氏祠堂

郑氏祠堂负盛名，
一宗递嬗血相承。
煌煌牌匾耀天下，
祖训遗风千古情。

三、茶山作客

云雾轻纱山若羞，
清泉玉带绕石流。
茗香一缕雀舌[①]里，
竹舞湖光楼外楼。

四、滴水岩洞

灵岩峭峙入云端，
香火洞窟滴水帘。
壁墨依稀藏旧史，
仙风道气满湖山。

（原载于《陕西诗词界》2017 年第 1 期）

① 雀舌：茶名，以嫩芽焙制的上等茶。

醉花阴·中秋情

星漏皓空柔水畔，
年少中秋夜。
方案饼香馋，
母抚膝盘，
天上说宫阙。

今又佳节人谢却[1]，
桂酒瑶池乐。
灯火万家欢，
情满苍穹，
天地圆一月。

① 人谢却：指父母已仙逝。

游春遇杏花

原下游春小径深，
杏花一树捧白云。
可惜断壁残垣地，
自赏孤芳无主人。

（原载于《陕西诗词界》2017 年第 4 期）

水调歌头·结发三十载感怀

人海觅仙侣，
奇遇缔良缘。
从来天意高远，
云隐鹊桥玄。
烟柳长天秋水，
鸿雁传书遣梦，
缺月照空山。
待数尽星汉，
六载启朱帘[1]。

誉风华，
和琴瑟，
意缠绵。
育成碧玉[2]才秀，
敬老侍椿萱。

① 启朱帘：这里指完婚。
② 碧玉：这里指爱女。

我作分明泾渭[①]，
汝化芝兰家室，
花好月长圆。
一世鸳鸯鸟，
百岁共婵娟。

2016 年 10 月

（原载于《陕西诗词界》2017 年第 4 期）

① 分明泾渭：这里指律师职业。

踏莎行·灞水荷色

柳陌啼莺，
芸轩飞燕。
曛烟灞水风拂面。
一年又是赏荷时，
逢人听语凭栏槛。

绿瘦欣欣，
红肥艳艳。
色香窈窕迷情乱。
孩童忽叫起惊鸿，
游舟一叶出东岸。

（原载于《陕西诗词界》2017 年第 6 期）

二十四节气即景之大暑蛰隐

仲伏逢大暑，
偕友隐山中。
蝉噪深林炙，
鱼翔浅水清。
松间乍惊鹊，
月下偶流萤。
夜半风来爽，
无眠数落星。

端阳诗会吟咏二首

一

端阳节里祭屈原，
一瓣心香天地间。
身死怀沙终不悔，
千秋彪炳有诗篇。

二

楼台灞水艾香飘，
荟萃诗仙兴致高。
古律新歌呈异彩，
纵天才气竞风骚。

山中二日三题

酷暑难耐，逢周末与夫人休憩于蓝田汤峪山中。

一

三伏流火热难当，
秦岭山中幽坞凉。
车似长龙多堵道，
家家客满宿无房。

二

山色朦胧月可摘，
夜风款款好舒怀。
一窗星斗呢喃语，
流水蛙声入梦来。

三

鸟唤空山现曙光，
松竹葱郁草花香。
逆溪登上烟云处，
早有石工筑路忙。

2017 年 7 月

减字木兰花·梅园追梦

拱桥曲径，
踏遍梅园追旧梦。
亭榭凭栏，
不似曾经听雨轩。

离愁别绪，
难付水流花落去。
往事留痕，
一片心思一片云。

（原载于《陕西诗词界》2017 年第 6 期）

采桑子·早行雁鸣湖

朝曦煦色平湖阔，
燕鹭穿飞。
燕鹭穿飞，
柳岸蔷薇连紫薇。

早来晨练人多簇，
歌咏弹吹。
歌咏弹吹，
欲近相识舞做媒。

（原载于《陕西诗词界》2017 年第 6 期）

二十四节气即景之
立秋戏水

昨日秋节至，
仍无暑溽休。
花丛蜂翼翼，
柳陌雀啾啾。
果圃尤繁盛，
谷田方半熟。
陶然石涧趣，
虾鳝戏清流。

春日偶感二首

其一

樱花又见外墙开，
拥艳任娇香入怀。
岁岁闹春生羡爱，
何时移种我家来？

其二

阡陌茵茵莺戏姿，
飞花桃李柳拂丝。
人间二月醉香色，
荡漾春风好赋诗。

西江月·自聊

柳色去年早去，
花容今岁迟来。
纷纭世事总难猜，
流水光阴无奈。

未必循规蹈矩，
但求放浪形骸。
三千世界释襟怀，
留与烟霞物外。

2017 年 11 月

（原载于《陕西诗词界》2018 年第 2 期）

秋旅山中

初歇新酒畅，
风雨夜惊魂。
破晓登山早，
还输早到人。

临江仙·游园

晨色乍明浮草露，
英红馥馥芬芬。
雕笼啼鸟满园林。
主人尤自诩，
赏客羡奇珍。

天下生灵皆本性，
怎堪困斗囚擒？
假山闲水亦伤心。
顾观声切切，
何日自由身？

（原载于《陕西诗词界》2018 年第 4 期）

二十四节气即景之
处暑漫步

处暑无声去，
风吹阵阵凉。
天清云幻彩，
地爽水浮光。
累累葡萄润，
重重稻谷香。
丰登兴景致，
漫步赏秋阳。

沁园春·中国梦

沧海横流，
多少人杰，
几许鬼雄。
忆南湖火种，
惊天呼啸；
南昌枪响，
动地长征。
八载抗战，
三年解放，
高展红旗唱大风。
寰宇愕，
看巨人屹立，
如日东升。

山河重整华容。
大奋进，龙腾百业兴。
咏改革开放，
国强民富；

倡廉反腐，
气正风清。
四海经纶，
五洲韬略，
丝路花飞欧亚通。
中国梦，
正扬帆破浪，
万里鹏程。

（原载于《陕西诗词界》2018 年第 4 期）

贺郭养浩兄令堂九十二寿辰

为贤修养蕙兰心，
上寿华荣满院春。
积爱成福福似海，
天颐不老看玄孙。

悼朱映成兄

生就独行刚烈胆，
长虹气概叱风云。
行侠仗义匡多事，
点道经纶仰众人。
一册诗文儿女泪，
两方札翰弟兄恩。
斯人隔世拂尘去，
留与哀歌渭水吟。

清明祭

春祭清明拜祖茔，
依依柳带草青青。
轻风不拭哀伤泪，
细雨平添思念情。
父母恩山倾世世，
子息[1]孝海报生生。
一年一度千千语，
尽在鲜花锦簇中。

（原载于《陕西诗词界》2018 年第 4 期）

① 子息：泛指儿女。

二十四节气即景之
白露忧怀

日转生白露，
狐疑雪与霜。
云中行豆雁，
水面卧鸳鸯。
冷冷飞花乱，
戚戚落叶荒。
是谁怀故念，
笛管满忧伤。

高　考

年年高考季，
怵栗梦惊时。
子女难能寝，
爹娘不欲食。
答题惟怨迫，
揭榜却嫌迟。
十载寒窗苦，
乾坤赖定兹。

（原载于《陕西诗词界》2018 年第 4 期）

忆江南·秋水吟

凉风起，
秋水碧潾潾。
轻曲一箫逐落日，
闲愁两处向浮云。
袅袅柳依人。

（原载于《陕西诗词界》2018 年第 6 期）

菩萨蛮·七夕怨

清风清露清秋夜，
星河寂寞孤凉月。
翘企会良宵，
迢迢无鹊桥。

哀愁谁可诉，
梦里香如故。
相守向天穹，
何时绝此情？

（原载于《陕西诗词界》2018 年第 6 期）

水岸秋色

天高云淡雁成行，
柳影依稀人伴双。
曲径回廊白鹭舞，
风摇秋水送荷香。

二十四节气即景之
秋分逢酒会

节令秋分半，
丝丝桂馥飞。
远山驰丽象，
近野沐清晖。
槐瘦桐疏落，
鱼腴蟹壮肥。
琼楼吟皓月，
对酒不思归。

和陶刚道先生

读陶刚道先生《中秋感怀》有感，遂奉和一首。

十五中秋天地圆，
声声蛙咏和金蝉。
莲湖摇曳游人影，
竹岸弹拨流水弦。
玉兔捷足送福寿，
嫦娥舒袖报平安。
万家灯火良宵夜，
不老时光岁月船。

附：陶刚道先生原作

中秋感怀

丹桂飘香宝镜圆，一声仙籁抚伤蝉。
风吹原野流金玉，云漫山川和瑟弦。
暑退九霄寰宇净，凉澄万景众生安。
无为瘦笔豪情在，斗室轻吟岁月船。

采桑子·游洪庆山

暮春三月，与律师同人耿万乾、郭晓红同游洪庆山。

层峦峭壑葱茏岭，
云淡风轻。
鹰过声声，
轻抹斜阳幻眇中。

暗香曲径松竹影，
溪水流红。
觅果逐莺，
笑叹迷途问牧童。

清平乐·情思

一别灞水，
从此分南北。
约定相逢皆所悖，
多少年年岁岁。

尘灰尺素诗笺，
依稀梦短宵残。
窗下蛩鸣桂影，
清樽遥对凉蟾。

（原载于《陕西诗词界》2019 年第 2 期）

暮　冬

寒天犹挽北风遒，
山野苍茫云遣愁。
白雪轻融鸿爪印，
红梅怒放树枝头。
昂昂意气如山耸，
绻绻柔情似水流。
张臂迎接春世界，
乘风破浪竞飞舟。

（原载于《陕西诗词界》2019 年第 2 期）

二十四节气即景之
寒露节登高

草木结清露，
秋风拭冷光。
蒲衰荷萎谢，
蝉噤鸟缩藏。
枫叶层林赤，
菊花遍野黄。
登高心意远，
极目望苍茫。

浣溪沙·题《史氏家谱》

表叔父史新光历经数年艰辛修纂《史氏家谱》，今成书面世，赋词一阕。

一起三皇五帝尊，
峥嵘岁月九州魂。
绵绵人脉到于今。

一部宗牒承世系，
千年血胤继福荫。
江河不废载星辰。

（原载于《陕西诗词界》2019 年第 2 期）

念奴娇·五四运动百年颂

百年一瞬，
忆桑田沧海，
家国忧患。
怎忍虎狼争舔血，
风雨山河昏乱。
方起狂飙，
长城内外，
十万旌旗卷。
救亡反帝，
摧塌千载封建。

自古热血青年，
胸怀天下，
慷慨披肝胆。
且看弄潮新世纪，
纵目江天无限。
莫忘初心，
担当使命，

实现强国愿。
长风呼啸，
神舟[1]直上霄汉。

（原载于《陕西诗词界》2019 年第 3 期）

---

① 神舟：指我国成功发射的神舟飞船。

采桑子·白鹿原

谁施妙手装荆峪①，
花海林涛。
绿媚红娇，
万顷园田风物饶。

荷香四月君来早，
流火樱桃。
八月葡萄，
未醉金风客已邀。

（原载于《陕西诗词界》2019 年第 3 期）

① 荆峪：荆峪（鲸鱼）沟，指西安东郊白鹿原，因陈忠实先生名著《白鹿原》而闻名天下。

忆秦娥·马嵬坡访杨贵妃墓

东风恶，
青砖孤冢空萧索。
空萧索。
马蹄声远，
断弦琴瑟。

祸国何数倾国错？
人间天上情难舍。
情难舍。
且留长恨，
且留香色。

（原载于《陕西诗词界》2019 年第 3 期）

二十四节气即景之
霜降思故人

秋暮多归雁，
虫寥旷野荒。
风寒云化絮，
气肃露成霜。
红柿垂娇艳，
黄菊吐雅香。
故人别已久，
邀月问安康。

谒秦公一号大墓[①]有感

雍城凭吊怀千古，
秘史云烟一墓收。
浮想旌麾逐霸主，
犹闻鼓角立金瓯。
血腥王气寒光碧，
骨垒君威残影稠。
事死如生虚作幻，
一抔黄土掩风流。

---

① 秦公一号大墓：位于陕西省宝鸡市凤翔区秦雍城遗址，是秦始皇先祖秦景公的墓葬，也是迄今为止中国发掘的先秦时期的最大古墓，号称“东方倒金字塔”。墓内以活人、真车、真马陪葬，体现了当时对国君丧葬事死如事生的理念。

西江月·秋夜

一院蛙声寥落，
半墙竹影阑珊。
当空水月照无眠，
灯火几家明暗。

又忆花香春暖，
还伤叶落秋寒。
几番思念向天边，
闲酒何时对盏？

2019年10月于丽江束河古镇

（原载于《陕西诗词界》2020年第2期）

和葛海烨先生二首

读葛海烨先生《元宵节夜咏二首》有感，遂如韵奉和。

其一

灯火阑珊万树花，
五光十色九重霞。
笙歌月满元宵闹，
不夜长安百姓家。

其二

火树银花灿灿明，
亭台流水月轮清。
佳节又是无眠夜，
一片相思寄古城。

附：葛海烨先生原作

元宵节夜咏二首

其一

银龙火树绽飞花，盛世长安溢彩霞。
熙攘人潮街巷里，欢欣一夜忘归家。

其二

登上高楼心镜明，长安夜月一轮清。
家山远在霓虹外，思念穿梭几座城。

二十四节气即景之立冬祭祖

悄然秋谢去，
日午已为冬。
莽莽重山冷，
悠悠复水空。
蛰虫初闭蓄，
疏木半凋零。
石径霜如雪，
寒茔祭祖宗。

第七辑 霜润枫红看海天

访汉城湖

长安二月满春风，
拂柳逐蝶访汉城。
光影一湖游画舫，
烟花两岸染轻红。
角楼叠翠桥流韵，
曲径通幽鸟作鸣。
天汉雄风千载看，
幽思一片古来情。

题门前竹

一段弃竹无意栽，
十年摇曳隐棋台。
莫说听惯潇潇雨，
随手轻风一揽怀。

归　来

一从律法付华年，
仗剑江湖平事端。
寻觅蛛丝千转路，
发揭尘网万重山。
雨涤竹绿读云水，
霜润枫红看海天。
今弄风骚年少爱，
聊掬香草逛诗坛。

花间十咏

一、花吟

应运天华地气生，
不图富贵不争名。
红尘只为添一彩，
宛若洁来洁去风。

二、花性

生性纯洁淑气深，
万方仪态秀风神。
绢花虽艳空为久，
难比昙花一现真。

三、花语

白紫红黄花世界，
一花一语品春风。
谁说男女忸怩事，
一束玫瑰道破情。

四、花爱

饮醉番番花信风，
日光月影意重重。
有缘尚恨见时晚，
爱在一颦一笑中。

五、花叹

本是自生还自衰，
高天厚土任由开。
奈何偏遇剪刀手，
左右高低肆意裁。

六、花问

天涯洒落纵情怀，
香色纷纭悠去来。
今日盆移堂室里，
我花究竟为谁开？

七、花悲

黛玉悲歌葬落红，
花哀莫过早夭终。
含苞未放泯香艳，
梦幻情缘一叹空。

八、花心

纤蕊流香复吐春，
沉鱼落雁已颠魂。
蜂蝶跃跃任狂浪，
自是婀娜不变心。

九、花痴

登枝招展吐芳菲，
露背袒胸偏向谁？
是醉是痴终不语，
笑开笑落笑成灰。

十、花魂

花开所向竟无双，
花落有魂情未央。
一世风流三世愿，
碾成泥土也留香。

（原载于《陕西诗词界》2020 年第 2 期、第 3 期）

二十四节气即景之小雪清欢

乍望纤纤雨，
转头轻雪寒。
瘦竹披苦雾，
老树笼愁烟。
墙角凌霄萎，
窗前月季残。
吟诗挥翰墨，
聊以慰清欢。

贺米毓亮[①]恩师
一百零二岁寿辰

春风化雨遍桃李，
望重德高仰泰山。
心底无尘怀朗月，
人生自信享天年。

2021 年 1 月

① 米毓亮：笔者初中时的班主任兼语文老师，其传统文化学识、思想及师表风范对笔者的人生产生了深远影响。

铜川二日二首

2021年3月7日至8日，与耿万乾、胡同项在张运奎铜川新居相聚，学友宴游欢愉，情怀盎然，赋诗二首。

一、登金锁关石林山

正月年余味，
相邀览胜山。
路盘云曼舞，
峰峭鸟轻喧。
高塔斜阳里，
香梅栈道边。
春风从未老，
一笑付流年。

二、致运奎

喜鹊登枝梅吐香，
铜川新室好风光。
谢君赠我陈炉砚，
情比悠悠渭水长。

悼袁隆平院士

2021年5月22日，中国“杂交水稻之父”、中国工程院院士、“共和国勋章”获得者袁隆平在长沙逝世，举国哀痛，赋诗一首。

飞星流彩陨湘江，
遍地哀歌祭栋梁。
国士无双担道义，
黎民亿兆享安康。
忠魂恋恋青山秀，
遗愿绵绵绿水香。
一座丰碑托日月，
留得天下满粮仓。

（原载于《陕西诗词界》2021年第2期）

重　阳

时来重九喜登高，
沧海桑田胸底潮。
赤脚蹚开风雨路，
壮心跨越彩虹桥。
山高意味且轻写，
水阔生涯亦淡描。
寥廓江天霜万里，
兰香菊韵胜春朝。

（原载于《陕西诗词界》2021 年第 2 期）

二十四节气即景之
大雪日独游

北风吹凛冽，
雪日雪无踪。
蹊路凝冰冻，
疏林挂雾凇。
鸟绝云塔寂，
人罕月桥空。
寒水接天际，
孤舟冷自横。

邀　月

秋暮生寒野，
蝉嘶促叶黄。
清风拂迴榭，
邀月话衷肠。

碧水伊人

夜雨湿堤岸，
朗晨风日清。
青鸦穿杞柳，
白鹭步沙汀。
倩倩蛱蝶舞，
啾啾越燕声。
伊人临碧水，
素韵映空灵。

读于水先生诗集《寸草微吟》有感

吟诗作赋锻珠玑，
岂必庙堂夺紫衣。
人壮精神龙作化，
诗殊况味凤来仪。
酸甜苦辣抒难尽，
喜怒悲欢倾不疲。
弱水三千应可惜，
一瓢浇我种菩提。

（原载于《陕西诗词界》2021 年第 2 期）

减字木兰花·赏芙蓉

柳垂河岸，
雨过斜阳光影炫。
出水芙蓉，
碧叶连天万点红。

游廊深处，
谁在轻歌抒婉笃。
移步香裙，
错把佳人认故人。

（原载于《陕西诗词界》2021年第3期）

二十四节气即景之
冬至念乡

冬节吉日至，
交泰换阴阳。
日照天催短，
星藏夜赖长。
芦花摇槁岸，
鹤影渡寒塘。
又见炊烟起，
凭栏念旧乡。

鹧鸪天·赏雨桃花潭

只伞凭栏风攘襟，
潇潇乱雨洗浊尘。
柳潭涨水弥溟漭，
竹岸横桥空寂沉。

莺巧舞，燕轻吟。
才别芒种又思春。
明年还待风骚客，
三月桃花笑故人。

（原载于《陕西诗词界》2021 年第 3 期）

夏日秦岭行

山路盘蛇走画屏，
显峰隐涧尽葱茏。
雷压鸟匿过疾雨，
日照蝉嘶催热风。
缥缈云光千仞壁，
朦胧水影半边亭。
卷帘竹舍听蛙咏，
一梦周公伴月明。

（原载于《陕西诗词界》2021 年第 3 期）

临江仙·秋游霸陵原

雨过天高空万里，
纤云巧弄霓裳。
声声雁叫透清凉。
骊山多迤逦，
滋水渺茫茫。

灞上莽原秋色秀，
还遗王冢[1]凋荒。
金风最易惹情伤。
谁人箫若诉，
孤影立残阳。

（原载于《陕西诗词界》2021 年第 3 期）

① 王冢：指霸陵，汉文帝刘恒的陵寝。

念奴娇·建党百年庆

流光溢彩，
看神州大地，
红旗翻卷。
燕舞莺歌欢庆日，
重溯华年怀缅。
盟誓红船，
为民立党，
风起乾坤转。
前仆后继，
初心从不更变。

一朝换了人间，
国富民强，
惊世标风范。
四海翻腾云水怒，
谁与争锋搏剑！
砥砺前行，

运筹帷幄，
寰宇谋发展。
梦圆华夏，
海天风劲帆满。

二十四节气即景之
小寒过灞桥

萧萧风彻骨，
凛凛路成冰。
雾淡琼林锁，
烟寒玉树封。
天空飞雪雁，
河面绕霜鹰。
竹畔梅花俏，
吹香过柳亭。

题马强过先生
摄影《立夏图》

时来立夏去春迟，
绿水清波醉柳丝。
谁比仙姿携倩影，
一心引颈向相思。

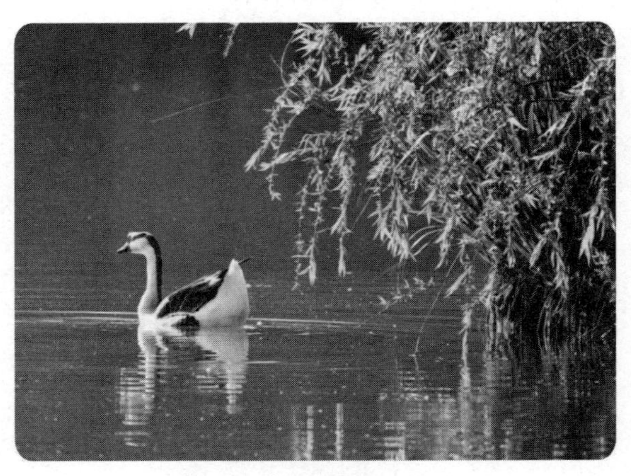

《立夏图》（马强过　摄）

南乡子·拜谒陈忠实先生墓园有感

晴霭柳青青。
循径层林引鹊声。
黄土一抔朝灞水，
幽空，
唯见虔虔数列松。

谁不为折躬？
白鹿一鸣贯彩虹。
身后流芳尤霁月，
清风，
不尽山高尔作峰。

2022 年 3 月 5 日

兴平纪行三首

2022 年劳动节假日，与夫人欣然出游兴平市，吟诗三首。

一、再过杨贵妃墓

旧地重游易感伤，
斑斑题咏耐思量。
一身宠爱悲千古，
青冢徐风依旧香。

二、揽胜牡丹园[①]

清风丽日乐游园，
红粉黑白黄紫蓝。
恰似仙妃出浴媚，
蜂吟蝶舞竞流连。

① 牡丹园：指兴平市西城街道郭村“贵妃牡丹园”。

三、寻梦鲁冰花园[1]

一曲传说[2]梦幻中，
天生姿彩动心旌。
最宜此物比怜爱，
人世殷殷慈母情。

① 鲁冰花园：指兴平市丰仪镇高家村“鲁冰花园”。

② 一曲传说：指致意母爱的台湾电影《鲁冰花》，其主题曲《鲁冰花》深情动人，堪为经典。

二十四节气即景之
大寒望雪

隆冬十二月，
大雪赶时分。
羽散长空玉，
装披遍野银。
痴心归净土，
笃意荡嚣尘。
辉映残为水，
膏泥尚润春。

陕西权诚律师事务所二十华诞志庆

弘法擎旌帜，
征帆岁月稠。
剑行安楚汉，
雨润泯恩仇。
精进声名远，
革新意气遒。
山高天地阔
沧海竞风流。

2022 年 6 月

贺黄铁先生诗集《流年拾趣》面世

匠心躬体栽桃李，
归老怡然多骋怀。
更有风骚高远志，
凌霄撷取彩霞来。

临江仙·闹元宵

檐下红梅忽吐蕊，
正逢黑兔迎春。
张灯结彩闹欢欣。
古城皆盛景，
不夜满游宾。

新宴一席酬故旧，
几年道尽艰辛。
平安最是有福人。
开怀千盏少，
龙虎抖精神。

2023 年 2 月 7 日

无　题

烟波青史古寰中，
谁是完人一世功？
无愧于心倾我意，
管它春夏与秋冬。

醉酒吟风流二十首

一、商 鞅

徙木信于民，
革新骇鬼神。
何惜身百死，
谁可比商君？

二、屈 原

骚赋家国爱，
怀沙日月心。
高风昭后世，
云水祭忠魂。

三、秦始皇

皇帝开元始，
功名万古尊。
何为承二世，
转眼化烟云？

四、史马迁

隐辱承遗志，
呕心修大成。
悠悠千古事，
莫不问斯公。

五、曹　操

权谋雄乱世，
彪炳建安风。
沧海逐成败，
任随忠佞评。

六、诸葛亮

三顾卧龙臣，
天机化妙神。
丹心陈二表，
尽瘁举乾坤。

七、陶渊明

宦海难托志，
田园隐逸然。
篱菊芳自赏，
酌酒赋诗篇。

八、武则天

媚女生权略，
擎天坐圣皇。
空碑留后世，
听任撰评章。

九、李　白

狂歌轻显贵，
仗剑四方游。
对酒邀明月，
同销万古愁。

十、杜　甫

漂泊观世道，
悲悯寄情怀。
咏唱凌绝顶，
长江滚滚来。

十一、白居易

讽喻达兼济，
适闲独善行。
一篇长恨曲[①]，
百世烜声名。

① 长恨曲：即《长恨歌》。

十二、李 煜

才情独旷世，
偏误作人君。
愁尽一江水，
咏成词帝尊。

十三、苏东坡

才华天纵逸，
落笔尽绝尘。
大浪淘沙去，
超逾有几人？

十四、李清照

人比黄花瘦，
死则为鬼雄。
才名享绝代，
高耸誉词宗。

十五、岳　飞

铁马家国报，
天戈卷血旌。
奇冤寒日月，
万古吊精忠。

十六、文天祥

大魁能将相，
赴难尽国忠。
正气参天地，
汗青千古名。

十七、蒲松龄

《聊斋》出圣手，
文墨满风尘。
世事虚实里，
狐妖幻亦真。

十八、郑板桥

绝手诗书画，
嫉俗志未酬。
江湖凭智慧，
谲怪亦风流。

十九、曹雪芹

风月炎凉里，
放达才旷奇。
红楼一绮梦，
世事满唏嘘。

二十、鲁　迅

椽笔如刀剑，
横眉硬骨人。
鼎新一巨匠，
华夏乃精魂。

减字木兰花·喜雪

梦酣醒晚，
白雪茫茫舒望眼。
玉宇琼楼，
遣释寒冬几许愁。

别枝惊鹊，
鸣破萧寥弹落雪。
日照窗明，
长寿花开正闹红。

望海潮·长安怀古

终南灵秀，
平川丰物，
泱泱八水平沙。
华夏脉源，
迭朝易代，
十三都邑风华。
四海祲威加。
忆城郭金阙，
雁塔袈裟；
烟柳亭阁，
曲江流饮伴鸣笳。

千年雨润春发。
看今朝新貌，
梦幻云霞。
山秀水明，
林楼阆苑，
纵横地铁通达。

丝路向天涯。
盛典全运会，
竞技飞花。
古韵长歌，
一城灯火照人家。

随风起舞（后记）

我相信自己是一个天生的理想主义者。

哲学家海德格尔说过：生命充满了劳绩，但还要诗意地栖居在这块大地上。

或许是小时候喜欢听童话故事的缘故，我从上初中起就偏爱语文，一直到高中，语文都是自己学科的强项，喜欢中国古典诗词，喜欢看小说，喜欢写作，特别是写些诗歌，还梦想着自己将来能成为一名作家或者诗人。高中毕业后回乡劳动一年，我就被母校漕渠小学聘为临时教师，后又经西安市灞桥区教育局统考，被招聘为代课教师（非国家正式编制），分配到西安市第七十七中学担任语文教师。

我生于西安远郊的农村，家境清贫，父母皆为忠厚善良勤劳俭朴的农民，我系家中长子，身后有一弟一妹。那个年代，一个贫穷落后的农村青年不满于现状，想要改变家庭面貌和追求人生更高价值，想要改变自己成为吃商品粮户口的身份，唯一出路就是参加高考并考上大学。

1980 年的高考，我被位于西安古城中心初创立的西安大学首届招生四年制中文系本科录取。然而于我却是喜中掺忧，喜的是能读大学中文本科的确是遂了初心夙愿，而忧的是这所大学的特性为自费走读且毕业不包分配。也就是说，要读这所大学，一是要学生自己承担上学期间全部的学费、学习杂费及个人生活所需费用；二是校方不提供住宿，需要学生设法在校方规定的距离范围之内的地方解决自己吃饭和住宿问题；三是毕业不包分配，毕业生届时需要根据国家及企业事业单位的需求来确定是否会被录用，这也是最让人揪心扒肝的。如果能被录用，自然是欢天喜地，苦尽甘来，前途一片光明。但如果不被录用，此前一切艰辛努力则全部付之东流，那后果可是不堪设想。20 世纪 80 年代初，国家创办此类特性的大学乃是一个具有超前意义的教育体制改革创举，但对于怀揣梦想的我而言，无异于是横亘在大学门前的三座大山。要读大学，就要背负沉重的经济和困顿生活的重重压力，为自己掷下一场前途命运难料结局的赌注。而这时，一部印度电影《流浪者》鬼使神差地吸引了我的注意力。

拉贡纳特，印度上流社会中一位很有名望的大法官，信奉“好人的儿子一定是好人，贼的儿子一定是贼”的执拗观念。他错判了强盗的儿子扎卡有罪入狱，扎卡越狱后被迫又成了强盗，于是决心对法官进行报复。后来，拉贡纳特在自己家中险些遭到青年拉兹入室杀害，可是他万万没有想到，拉兹其实正是他亲生的儿子。

当年，拉贡纳特因误解赶走了怀孕的妻子，妻子在雨中生下了拉兹，拉兹便随母亲一直流落在贫民窟里，后来拉兹被扎卡威胁引诱做了盗贼。一次，拉兹为生病的母亲偷了一个面包，结果被关进了监狱。12年后，拉兹出狱，又再次与童年的好友丽达相见，两人遂铸就了海誓山盟的爱情。拉兹从此决定做一个自食其力的人。一个黑夜，拉兹为保护母亲，杀死了逃避到此的扎卡，并又闯入拉贡纳特的家里准备杀死拉贡纳特，结果刀子被拉贡纳特夺走。

丽达，一位高贵美丽、聪明伶俐的姑娘，师从拉贡纳特学习法律。她与拉兹再次相见后，两人一见钟情。因为爱拉兹，她自告奋勇担当拉兹杀人罪的辩护律师。法庭上，丽达要求法官从良心出发轻判拉兹，法官回答：法律不承认良心。丽达回道：既然法律不承认良心，那么良心也不承认法律。这个回答掷地有声，是对拉兹故事内在含义的高度概括，也是为贫民窟所有贱民在法律上需要公平对待的正义呐喊。经过丽达的努力，最终拉兹被法官轻判为三年。

这是我首次从印度电影中看到犯罪、审判与律师辩护的影像案例，我深深为这部电影特有的艺术魅力所倾倒，而更撼动我心灵的是法律的神圣与权威，以及对捍卫公平正义的律师职业的崇拜。那是一个思想激烈斗争的不眠之夜。结合上大学沉重的经济负担与希望尽早毕业谋生的实际，我最终做出决定，申请学校把自己四年制中文本科调换成了毕业期更短、学习生活费用更少和被录用就业概率更大的两年制法律专科。就这样，我奇迹般地改变了人生前行的方向。

也就是从这时起，我学会了感恩。在我人生决定前途命运最重要的阶段，感恩那些给予我精神上和物质上支持和帮助的亲戚朋友。特别是万盛堡村如母如父的小姑和姑父，坚定地支持我并倾心倾力帮助我，自己吃苦受累，为我完成两年大学学业创造了最基本也是决定性的吃饭和住宿的条件，让我没齿难忘。功夫不负有心人，我顺利完成了学业。运气还好，毕业后我即到法院实习办案，半年后被灞桥区政府录用，成为公职人员，开始做专职律师，并参与创立了西安市早期之一的“灞桥区法律顾问处”。十年后顺应改革开放的潮流，我又辞去公职，联合其他同人合伙开办了律师事务所。律师工作要求理性、严谨、自律，而且工作节奏快、强度高、压力大。久而久之，原有的文学爱好和怡情写作便弃如秋扇。而后来让我欣慰甚至骄傲的是，既有的比较扎实的语文功底，使得我在案件研析、文书表达以及法庭论辩中能够举重若轻、得心应手，成为我多彩律师生涯的重要组成部分。而这一干，至今已经四十年。

2013 年后（也是自己从事律师工作满三十年），我才重新拾起年少之爱，借闲散碎片的时光写写诗歌，也写写毛笔字。这时候写诗，意在为个人记录生活，在诗歌的田园净土上寄托情怀。对于诗歌，我始终怀抱敬畏之心，生怕亵渎了它的圣洁，唯有坚持用心体会，用心去写。后来，一些作品陆续被报刊、杂志刊载，又鞭策着我不断耕耘，向光而行。

现在出版的这本诗集，上编为现代自由诗，主要按抒写内容分为“红尘总是千千情”“魂牵梦萦故乡月”“阳光做伴好追风”三辑；下编为古体诗词，主要按生活、工作阶段分为“且把冰心朝雪映”“雨涤竹绿读云水”“一怀情愫春秋远”“霜润枫红看海天”四辑，而古体诗词通用《中华新韵》（个别首词有其他用韵的除外）。这本诗集不免会有不足不妥之处，也敬请读者批评指正。对于本人而言，撒下经年怀揣梦想的种子，终于带着泥土的气息开花结果了，这于自己是最好的安抚。

也许，人生就是这样在调整与平衡中度过。

感谢《安徽文学》诗歌年选执行主编肖许福老师为我现代自由诗的学习与提高给予的帮助。

感谢中国作家协会会员、《绿风》诗刊原主编曲近老师为诗集作序。感谢中国作家协会会员、陕西省作家协会理事、灞桥区文学艺术界联合会副主席峻里先生为本诗集的结构与编排提出良好建议，并为诗集作序。感谢中国作家协会会员，湖北省作家协会会员，作家、评论家、编辑李燕女士在百忙中为诗集作序。他们的点评有深度又有宽度，解读直抵心灵，令我感动。

感谢韩效祖老师为诗集的出版做出的大量辛勤工作。

感谢太白文艺出版社及各位编审老师的辛勤付出。

感谢一直关心、鼓励、支持、帮助我的诗集出版的所有朋友。

感谢我的夫人王芳，她是我每首诗作的第一个忠实读者和评论者。这本诗集能够出版，离不开她衷心的理解和坚定的支持。

2024 年雨水